原来唐朝诗人这样写诗

徐剑 著

海峡出版发行集团 | 海峡文艺出版社

图书在版编目(CIP)数据

原来唐朝诗人这样写诗/徐剑著. —福州:海峡文艺出版
社,2024.12(2025.1重印)
　ISBN 978-7-5550-3905-1

Ⅰ.K825.6—49

中国国家版本馆 CIP 数据核字第 202448U18N 号

原来唐朝诗人这样写诗

徐剑　著		
出 版 人	林　滨	
责任编辑	蓝铃松	
助理编辑	吴飚茱	
出版发行	海峡文艺出版社	
经　　销	福建新华发行(集团)有限责任公司	
社　　址	福州市东水路 76 号 14 层　　邮编　350001	
发 行 部	0591—87536797	
印　　刷	福州印团网印刷有限公司	
厂　　址	福州市仓山区十字亭路金山街道燎原村厂房 4 号楼	
开　　本	890 毫米×1240 毫米　1/32	
字　　数	135 千字	
印　　张	6.875	
版　　次	2024 年 12 月第 1 版	
印　　次	2025 年 1 月第 2 次印刷	
书　　号	ISBN 978-7-5550-3905-1	
定　　价	36.00 元	

如发现印装质量问题,请寄承印厂调换

目录

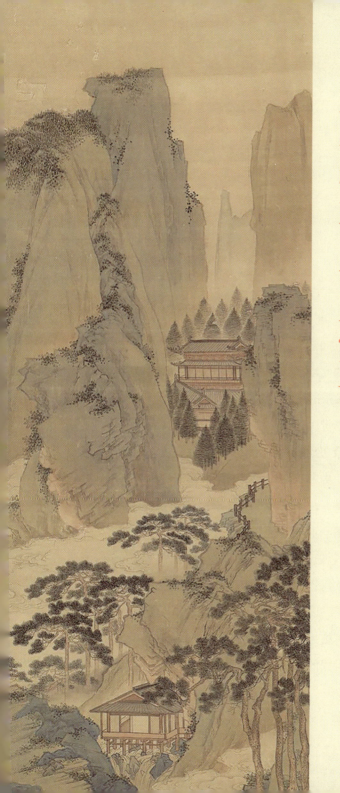

李世民

一代雄主，诗人帝王

李世民的文治武功，尤其是他开创的"贞观之治"，至今仍为人津津乐道，成为中国人历史荣光的集体记忆。

其实，李世民还是位"文化帝王""诗人帝王"。在位二十三年，除在政治军事上卓有建树外，诗、文、书法方面也颇有成就，史书上说他"工书法""富文词"。正是得益于他的以上率下，才有大唐一代文化艺术的蔚为大观。

不妨领略一下一代雄主李世民作为诗人的冲天才情。

《饮马长城窟行》，"窟"，泉眼之意。属古乐府瑟调曲，又称《饮马行》。古书上记载，远征将士到长城饮马，广大女同胞感动于他们的艰辛，作此曲以劳军。历代诗家中，多用于描写军旅生活。

看看李世民的这首同题诗文。

饮马长城窟行

塞外悲风切，交河冰已结。

瀚海百重波，阴山千里雪。

迥戍危烽火，层峦引高节。

悠悠卷旆旌，饮马出长城。

寒沙连骑迹，朔吹断边声。

胡尘清玉塞，羌笛韵金钲。

绝漠干戈戢，车徒振原隰。

都尉反龙堆，将军旋马邑。

扬麾氛雾静，纪石功名立。

荒裔一戎衣，灵台凯歌入。

此诗描写塞外风光与叙述边塞征战交叉互换，大笔墨泼写"悲风切""冰已结""百重波""千里雪"等景物，描述了严冬季节的塞上风光。从此出发，最终落脚于军队凯旋奏捷，勒石立碑，奖励功臣。全诗诗旨宏远，雄浑不群。诗评家蒋仲舒在《唐诗广选》中称，李世民这首诗是"唐初大雅"之作。

都说"诗言志"，但在李世民眼里，写诗既是抒发个人壮志豪情的艺术，也是他别出心裁的驭臣之术，这一手做得聪明绝世，也做得炉火纯青。

实事求是地说，在历代君臣关系中，和谐度最高的，李世民一朝可算其一。他恩威并施，双管齐下，君臣努力，开创了彪炳史册的璀璨盛世。

萧瑀，南朝梁明帝之子，曾仕隋唐两朝。大唐王朝初创时，萧瑀曾参与"国典朝仪"的制定，先后出任民部尚书、御史大夫等职，封宋国公。他为人刚正且有谋略，李世民对他十分倚重，并称赞有加："不可以厚利诱之，不可以刑戮惧之，真社稷臣也。"曾写过一首诗赐给他，诗名《赐萧瑀》。

疾风知劲草，板荡识诚臣。
勇夫安识义，智者必怀仁。

诗意简洁明了，却蕴含着作为一代明君丰富的情感与用意，诗风敦厚情真，铿锵刚劲，尽显体恤臣下、知人善任的政治格局与风度，即便放眼于历代帝王的诗作中也是佼佼者。明代诗评家胡震亨更是不吝赞誉，说李世民的诗在唐诗发展中有着"首辟吟源"的开创之功。看来此评不为过。

房玄龄是李世民的铁杆"马仔"之一，李世民还在秦王位时，房玄龄就是他的头号文学侍从，相当于文字秘书，作为秦王的第一支笔，运筹帷幄，参与机要。贞观以后，做了宰相，君臣合力谱就一曲"贞观长歌"。时人将房玄龄比作伊尹、姜尚、萧何、曹参。那么在李世民的眼里，房玄龄又是什么样子的臣下呢？

赐房玄龄

太液仙舟迥，西园隐上才。

未晓征车度，鸡鸣关早开。

　　前两句引用了些典故，回忆了君臣间交往的陈年往事，说来话长，我们暂且不表。主要看后两句："未晓征车度，鸡鸣关早开。"说的是，城门开得有多早，这位行人也就有多早从城门走过，这是在含蓄表扬房玄龄宵衣旰食、夙夜在公。黄马褂终会破烂，而李世民的诗却是一件可永久保存的无形的"黄马褂"。

　　李世民曾三次赐诗给房玄龄，其中一首题目长了点，叫《赋秋日悬清光赐房玄龄》。全诗是：

秋露凝高掌，朝光上翠微。

参差丽双阙，照耀满重闱。

仙驭随轮转，灵乌带影飞。

临波无定彩，入隙有圆晖。

还当葵藿志，倾叶自相依。

　　"葵藿"向阳喜光，士人常以此自比，表达一种赤心诚意，如杜甫的"葵藿倾太阳，物性固莫夺"、储光羲的"满园植葵藿，绕屋树桑榆"。以帝君身份引出，更以"倾叶自相依"比喻，可就了不得了。作为一名臣子，能让当今圣上引为知己，还为自己写过三首诗，可谓皇恩浩荡、备受极荣了。

夫复何求，夫复何求？！

魏徵是唐太宗的一面镜子，其中有家国大道义，也有难得的生活小情趣。魏徵崇尚极简主义，生活简单、朴素，又是一名工作狂，没啥别的业余爱好，"学成文武艺，货与帝王家"，一门心思想把李世民打造成千古名君。

魏徵蔬水箪瓢、淡饭粗衣，最大嗜好就是吃醋腌芹菜。李世民有次请魏徵吃饭，主食还没来得及上桌，魏徵就迫不及待地干掉了两盘醋芹。李世民见他如此狼吞虎咽，非常感动并哈哈大笑道："你这个'羊鼻子'被我抓住了吧？"

其实魏徵也有一项独门绝技：酿酒，尤其是葡萄酒酿得特别好。他把醽醁、翠涛两种名酒置于罐中贮藏，十年不会腐坏。李世民有次品尝之后龙颜大悦，当即赐予魏徵一首诗：

醽醁胜兰生，翠涛过玉薤。

千日醉不醒，十年味不败。

此诗的艺术性姑且不论，但君臣间的这份亲密互动惹人艳羡，当时应该有不少人"羡慕嫉妒恨"吧？

魏徵病重时，李世民亲自登门探望，还当场下旨将公主嫁给他的儿子，结为儿女亲家。魏徵死后，李世民相当悲痛，多次对别人说，朕从此没了镜子！魏徵出殡之日，李世民悲伤至极，以致没法亲去致哀。他挣扎着登楼而望，吟诗一首作为痛别：

> 阊阖总金鞍，上林移玉辇。
>
> 野郊怆新别，河桥非旧饯。
>
> 惨日映峰沉，愁云随盖转。
>
> 哀笳时断续，悲旌乍舒卷。
>
> 望望情何极，浪浪泪空泫。
>
> 无复昔时人，芳春共谁遣。

　　没有了你，即便走在青青春草地上，朕还可与谁为伍呢？

　　写这首诗时，李世民是真诚的，只是权力有些靠不住，别太当真。魏徵死后没多久，因一起"莫须有"，李世民便"大怒，踣其碑"，还将魏徵的棺材毁弃，当然儿女亲家的一纸婚约也被撕毁了。但李世民并非是残忍嗜杀之人，凌烟阁上二十四位功臣，他也只因群臣所请才诛杀了其中的一位，这倒霉蛋叫侯君集。李世民开创了大唐基业，也始定了唐音韵调。他的《帝京篇》十首即是"已开律径"，来读其中的一首：

> 秦川雄帝宅，函谷壮皇居。
>
> 绮殿千寻起，离宫百雉余。
>
> 连甍遥接汉，飞观迥凌虚。
>
> 云日隐层阙，风烟出绮疏。

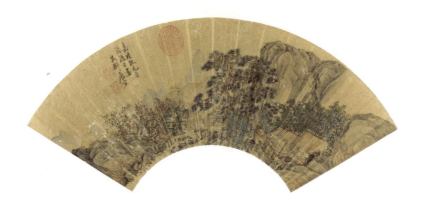

　　元朝诗评家、诗人方回在《瀛奎律髓》中评价李世民的诗："渐成近体，亦未脱陈隋间习气。"说得好，有道理。这首诗的平仄粘对，偶合五律，可以视为唐律先声，呈气势磅礴之气象，一改南朝的柔弱之态，其功大焉。

　　有大唐盛世的开创之功，又有唐音韵调的始定之才；一个身份是皇帝，另一个身份是诗人。如果二选一，李世民更喜欢哪一种呢？

　　不求而得的，往往求而不得。

武则天

另样『石榴裙』

"无字碑头镌字满，谁人能识古坤元。"关于武则天的一生，众说纷纭，毁誉参半。但不可否认，她是一位杰出的女政治家。在男权社会里，能让狄仁杰、张柬之、魏元忠等一时人杰俯首称臣，绝非一般女流之辈。执政二十年，武则天有大过，也有大功；有过菩萨心肠，更有霹雳手段。如此跌宕起伏又腥风血雨的人生，岂是一块石碑能记录的?！

　　后人黄光任先生一首题为《女皇》的诗，评价可谓切中肯綮：

巾帼英才扭乾坤，一代女皇绝古今。

虽为妩媚入宫闱，却因智谋赎尼身。

孤凤展翅腾龙位，弱女挥手伏众臣。

功过论争千秋去，无字碑上遍诗文。

她曾是"宫心计"的配角，终成了主角。今儿个，咱们不谈她的这些步步惊心、杀戮重重，而是来鉴赏一下她的诗才。

这是我没想到的，在娴熟地玩转政治的同时，武则天也把诗歌玩得很溜、玩得很出彩。《旧唐书·经籍志》收录她的诗作《垂拱集》一百卷，《金轮集》也有十集之多，可谓著作等身。

身着厚重衮冕，国事繁重，日理万机，时刻提防各路冷不丁杀出的政治杀手，还有时间腾出手来镂冰雕琼，文学细胞跳动不息，这女子委实是用特殊材料做成的。

武则天是不是好皇帝姑且不论，但她必定是位优秀的诗者。如何评价她的诗？两个字：霸气！

用词霸气，气象霸气。

久视元年（700）正月，武则天动用数以万计的民工在石淙建造三阳宫。石淙，在河南省登封县东南三十里，是嵩山东谷的泉流。一年半载后，一幢幢巍峨的建筑拔地而起。大功告成，接报后的武则天笑逐颜开，率群臣前来视察。眼前所见，让她悦目娱心，当即赋诗一首：《石淙》。

三山十洞光玄箓，玉峤金峦镇紫微。

均露均霜标胜壤，交风交雨列皇畿。

万仞高岩藏日色，千寻幽涧浴云衣。

且驻欢筵赏仁智，雕鞍薄晚杂尘飞。

诗的首联二句，以仙境比喻三阳宫所在的石淙。"三山"，即海上蓬莱、方丈、瀛洲三神山；"十洞"即十大洞天，道家神仙所居之洞府。"玄箓"，谓神仙的名册；"峤"，是指又尖又高的山；"紫微"，即紫微宫，神仙所居宫殿。"光""镇"两字则更胜一筹，是说石淙比之仙境更幽美。

诗的颔联两句展示出皇家的气魄。"均露均霜""交风交雨"都是指能滋润万物、集地气之灵的地方。皇家在此兴建一座宫殿，既有"三山""十洞"的飘逸超然，又有人世间最为奢华的享乐。

不是仙境，胜似仙境。

颈联两句，以"万仞高岩""千寻幽涧"两个对立的地形地貌，形容石淙险峻而幽静的环境，"藏日色""浴云衣"，则一夸张一比喻，使诗句平添了几许生气。这两句成为当时诗坛一时叫好的佳句。尾联则以皇上的尊贵身份，提出"且驻欢筵赏仁智"，姑且逗留于此赐宴群臣；"雕鞍"句则写众文武大臣如过江之鲫前来出席盛宴的壮观。

读到霸气没？

全诗对仗工整，辞藻工丽，极尽铺排之能事，显示出作者宏大壮丽、积极进取的精神，确是盛唐气象。武则天当国时朝臣中的诗人最多，这一时期又是律诗、绝句奠基的时期。这与武则天带头酬唱不无关系。

这首诗还另附有诗序，其中对石淙做了生动的描绘：

尔其近接嵩岭，俯届箕峰。瞻少室兮若莲，睇颍川兮如带。既而蹑崎岖之山径，荫蒙密之藤萝。汹涌洪湍，落虚潭而送响；高低翠壁，列幽涧而开筵。密叶舒帷，屏梅氛而荡煦，疏松引吹，清麦候以含凉。

武则天不仅诗情盎然，还是写美文的高手。

如观玫瑰，艳美花瓣下的刺，总是让人想起她的文字背后的暴戾恣睢、心狠手辣。但毕竟还是位女人，权力绞肉机上再凶狠、再霸气，仍保留着女性的一缕妩媚，即便只是一闪念间。谓予不信，介绍读读她的《如意娘》——

看朱成碧思纷纷，憔悴支离为忆君。
不信比来长下泪，开箱验取石榴裙。

武则天曾被安排在感业寺出家做尼姑，《如意娘》就是在这里写的一首七言绝句，是一封写给唐高宗的情诗。短短四句，却传达出多层次多方位的复杂情绪。细品之下，使人对武则天另外多了份怜悯。

毕竟是女人家。

首句"看朱成碧思纷纷"，是赋比兴兼具，有多重含意。一来明写抒情主人公相思过度，以致魂不守舍，恍惚迷离中

竟将红色看成绿色。南朝梁代的王僧孺诗"谁知心眼乱，看
朱忽成碧"即为此句所本。正是心乱眼花，才使得这位痴情
女子五色不辨；二来暗指美好春光的流逝，眼见花红褪尽，
枝头只剩下绿叶；三来借喻自己只身独处，花红叶绿不能相
扶。作者又借诗喻自己红颜薄命，由昔日欢聚的幸福坠入今
日冰冷的相思之苦。"朱""碧"两种反差极大的颜色，构
成了强烈感情的冷暖对照。眼前一片寒冷碧绿，让人不由得

思绪万千。

"憔悴支离为忆君"一句直抒胸臆。从外表写入内心，尽言思妇的瘦弱不支和心力交瘁。至此，这两行诗辗转表达出的是凄切，是寂寞，是哀怨。情绪的流向虽然较为单一，却激发起阅读者情感的万丈涌流。

远远没完呢，接下来诗人笔锋一转，打破一二句的和弦，以全新的节奏和韵律再现诗的主题："不信比来长下泪，开箱验取石榴裙。"执着、决然、不掩饰、不造作的独特形象曲尽其妙。

这两句是全诗的高潮，它丰富了诗歌的情绪构成。"不信"句诉说着"断肠"的相思，也隐含着相思的无可奈何，相思的难以喻说。"开箱验取石榴裙"，大胆而热烈，又不乏柔情蜜意，符合人性，符合女性的柔情似水，更符合武则天的性格。

她就是"这一个"。我就是我，人间不一样的烟火。

此诗极描相思愁苦之感，尺幅之地曲折有致，融合南北朝乐府风格于一体，明朗又含蓄，绚丽而不乏清新。言辞之间的热烈大气，又隐约昭示了将来的盛唐气象。

这种文学的过渡气质，在武则天后期作品，得到进一步强化。因为诗歌，对武则天女强人形象的丰满，则是神来之笔。

她的《腊日宣诏幸上苑》，诗风则陡然一转，写得刚正泼辣。

明朝游上苑，火速报春知。

花须连夜发，莫待晓风吹。

　　这首诗的本意是为警告意图谋取政权之人，后来则演变为一段故事。宋人高承《事物纪原》载，武则天某年冬游上苑，兴趣所至，竟下旨花神催开百花。花神无奈奉旨，百花齐放，春景冬见。争奇斗艳中，唯牡丹傲骨，独不奉诏。武则天大怒，贬牡丹于洛阳，"故今言牡丹者，以西洛为冠首"。

　　此诗写于691年，是武则天建立"武周"政权的第二年。《全唐诗》给此诗做了题解："天授二年腊，卿相欲诈称花发，请幸上苑，有所谋也，许之。寻疑有异图，乃遣使宣诏云云。于是，凌晨名花布苑。群臣咸服其异。后托术以移唐祚。此皆妖妄，不足信也。"

　　《全唐诗》题解合情合理，大抵可以采信。所谓令花神催开百花，只不过彰显了女皇的自信与霸气，令图谋不轨者畏惧。

　　权力让许多不可能成为可能，文学则未必。

长安『少妇』

沈佺期

我一直认为，沈佺期的《独不见》是写给自己的，"卢家少妇"不过是自拟。

　　沈佺期本不该是怨妇的样子，《唐才子传》中说他"工五言"，属于不给他人"活路"的主儿！看吧，才高八斗，五言用词讲究，构思奇妙，他是时人学习写诗教科书式的范本。

　　同人不同命。

　　"苏李居前，沈宋比肩。""苏李"指汉代苏武、李陵，他俩开拓五言诗体在前。"沈宋"指唐人沈佺期、宋之问，他俩总结了六朝以来诗律的成就，革新诗律，促使五言、七言律诗形式走向成熟。

　　是同声相应，又或臭味相投，沈、宋两人政治倾向相当，都曾百般献媚于武则天，呕心镂骨做了不少粉饰太平的应制诗。因攀附武则天男宠张易之哥儿俩，在张氏兄弟倒台后，这对"难兄难弟"又被同时发配流放。沈佺期发配到驩州（今越南荣市，为当时贬谪的最远之地），个中原因有多种流传，比较权威的说法是，他在出任考功员外郎时，因收受巨额贿赂而受到弹劾，但有张易之保护得以涉险过关，没受到深究。后来，张易之自身难保，沈佺期因此受到牵连，凄风苦雨中，他不得不三步一回头离开长安，走上前路茫茫的流放之途。

此中苦情，以下一首《独不见》可见一斑。如果拂去历史的浮沤，不因人废言，读来当有切肤之感，也有椎心之痛。

卢家少妇郁金堂，海燕双栖玳瑁梁。
九月寒砧催木叶，十年征戍忆辽阳。
白狼河北音书断，丹凤城南秋夜长。
谁谓含愁独不见，更教明月照流黄。

这首七律，是借用了乐府古题中的"独不见"。郭茂倩《乐府诗集》解题云："独不见，伤思而不得见也。"此诗模拟一位长安城里的卢姓少妇，"思而不得见"者，是她征戍辽阳十年不归的丈夫。诗人以委婉缠绵的笔调，描述女主人公在寒砧声声、落叶萧萧的秋夜，身居华屋之中，心驰万里之外，辗转反侧、夜不能寐的孤独愁苦情状。

此诗对后来唐代律诗，尤其是对边塞诗的创作产生了较大影响，历来评价甚高。从形式上来讲，诚如清代散文家姚霖所说，此诗"高振唐音，远包古韵，此是神到之作，当取冠一朝矣"。

是的，就是这样一位长安少妇，丈夫戍边十年不归，这压抑着的情绪，与其说是思归，不如说是煎熬。掉过头来替沈佺期设身处地一想，他不也是远谪边远骧州的"辽阳戍人"吗？"长安少妇"念念不忘辽阳客，不过是沈佺期对那座欲望之城、对城内所谓贤明君王的臆想。香草美人传统上续接屈原的《离骚》之意，但汉唐之后"美人"多为诗人自指，很少指涉君王。

诗人借由闺怨之口，反写"明月照黄沙"下的戍人一腔孤寂辛酸、满腹羁旅愁苦。沈佺期这首诗走出"传统"，复古古意，颇有枯树发新芽之感。

沈佺期还有一首传世之作《杂诗三首·其三》，同样是闺怨，思绵绵，恨绵绵，再次幽微而出一段官场似海的怨诽。

闻道黄龙戍，频年不解兵。
可怜闺里月，长在汉家营。
少妇今春意，良人昨夜情。
谁能将旗鼓，一为取龙城。

众多诗评家认为这是一首反战诗，从字面上理解，这一说法颇有道理，但从"少妇今春意，良人昨夜情"句中，仿佛又读到了沈佺期的欲言又止、吞吞吐吐。

"春"而又"今"、"夜"而又"昨",分别写出了少妇的"意"和征夫的"情",昨夜夫妻惜别的情景仍在眼前浮现,今春的大好光阴虚度,让少妇倍觉惆怅若失。

诗人身处穷山恶水,念兹在兹的,仍是庙堂之高。

朝廷没让他失望,没了他,应制诗交给谁写?候选人不少,但都没他出手快。唐中宗李显上位后,沈佺期立马被召回长安,任为起居郎,兼任修文馆直学士。这活儿的主要职责就是陪侍宫中。

有一次,唐中宗在宫内举行盛大宴会,雅兴大发,令学士群臣歌乐《回波》舞,谁来撰写起舞诗呢?

机会难得,沈佺期自告奋勇。不愧是个中高手,当场吟出的歌词让唐中宗龙颜大悦,马上令人赐他象牙笏板和红色官服。在众同僚的艳羡目光中,沈佺期感恩戴德,双膝扑通跪倒,三呼"万岁"!

靠写得一手麻溜的政治命题作文,沈佺期继续大踏步向前,不久又被提拔为中书舍人。沈佺期智商高,情商也高,常以文会官,顺路提高美誉度。他曾写诗给当时的文坛领袖、燕国公张说。张老师读后叹为观止:"沈三兄诗清丽,须让居第一也。"有张说这样重量级人物的免费广告,沈佺期更是名噪一时。

沈佺期的诗,用字忌讳声韵不协,他定出了句式篇法的准则,使诗格韵律有一定之规,学诗者无不奉为圭臬。

张说的赞扬虽言过其实,但这种大规模的被模仿,客观上推动了近体诗的定型。

沈佺期所作的诗歌，绝大多数是应制诗，没什么思想性，题材也很狭隘。倒是遭贬后，心由境生，写出了一些真性情、高质量的作品。比如在流放途中，一曲《夜宿七盘岭》，就表达得淋漓尽致：

> 独游千里外，高卧七盘西。
>
> 晓月临窗近，天河入户低。
>
> 芳春平仲绿，清夜子规啼。
>
> 浮客空留听，褒城闻曙鸡。

穷路迢迢，孤鸿寡鹄，或许只有文字才能焐热心底的凄凉。七盘岭位于现在四川广元东北百里之外，所谓"独游"，是诗人的委婉。此诗描写诗人夜宿七盘岭的情形，抒发惆怅不寐的心绪。全诗抓住凌晨时分自然环境的特点，巧加刻画，充分表达了诗人远流他乡的哀苦之心。

诗品未必是人品。沈佺期以诗极尽谄媚之事，但在律诗创作上有无心插柳之巧，历史无意中成全了他。长安是大唐帝国的权力中心，沈佺期比谁都清醒，离开了这里，他将一文不名、一文不值。

"含愁独不见"？其实不必，在浩瀚的宇宙面前，我们仅像一粒尘埃。

陈子昂

地籍英华，文称炜晔

弘道元年（683），唐高宗李治在东都洛阳驾崩。事发突然，李氏皇室上下乱作一团，争论的焦点是：李治魂归何处？

　　国之大事，在祀与戎。经短时间的高频争吵，皇家"治丧委员会"最终一致决定：将唐高宗的梓宫从洛阳迁往帝都长安，在那儿找块风水宝地，隆重地予以国葬。

　　一切按部就班，孰料半路杀出个程咬金，这一计划还没来得及实施就搁浅了。怎么回事呢？《新唐书》记载："时高宗崩于东都，将迁梓宫长安。于是，关中无岁，子昂盛言东都胜垲，可营山陵。"

　　原来是因为他，初唐诗人陈子昂。

　　那年头，皇室的事，是家事更是国事。区区陈子昂，你的胆子也忒肥了吧，此等家国大事，轮得到你插嘴吗？！

　　皇室还是有清醒的人。嘘！诸位少安毋躁，先听听陈子昂给出的理由：当时关中年成不好，庄稼歉收，从洛阳到长安，山高路远，如果将圣上的梓宫千里迢迢迁至长安，耗时费力，对沿途百姓无疑也是场浩劫啊！况且东都洛阳地势高邈，气候干燥，在这儿完全能找到一处风水宝地啊。

陈子昂是立地书橱，学富五车，除了写得一手好诗外，他还精通坟典，耽爱黄老之术，尤工《易·象》。有这样的丰厚积累，他献上的折子显得十分专业。

这也是他的底气。

许多同僚为他捏了把汗。不过，请诸位读者放心，陈子昂这一贸然之举不仅没掉脑袋，还被宣召进宫，荣幸地得到了武则天的亲切接见。陈子昂细细道来，武则天听完满心欢喜，这是我大唐难得的"千里马"啊！此时已大权在握的武则天，爱才心切，马上授他为麟台正字，委任状写得极为雅致："地籍英华，文称炜晔。"意思是说，陈子昂是山川江河献上的英俊才士，文才沛然，光芒四射。

给猴一棵树，给虎一座山。陈子昂渴望的是一座山，只是需要等待时间。

陈子昂是个标准的"富二代"，家有良田万顷、仆人如云。捧在手里怕摔，含在口里怕化，父母的溺爱，让少年陈子昂沾染了一身的臭毛病。辛文房在《唐才子传》中评价其"未知书，以富家子，任侠尚气，弋博"。打架斗殴，赌博射猎，纨绔子弟身上有的种种毛病，陈子昂一样也不少。

"树大自直"，这句老话似乎在陈子昂身上得到了印证。

进乡学习后，陈子昂有了悔悟之心。他痛自修饰，不断反省，成了"好好学习，天天向上"的"三好学生"，上课认真听，下课勤发问，又友爱同学，老师对他多有击节赞赏。后来他跑到家乡梓州东南金华山道观读书。晨钟暮鼓，青灯古佛，久久为功，功业精进，终成初唐的"诗家圣手"。诗家评价说："陈子昂的诗作一扫齐梁旧格，卓有创建。"施蛰存先生更是言之凿凿，称他"为唐代五言古诗建立了典范，成为先驱者"。

浪子回头金不换。

陈子昂的《感遇诗三十八首》，尤被时人和后人称道。当时有位叫王适的读书人读过后，一下子跪服了，连声惊叹："此子必为海内文宗。"

真的吗？好吧，咱们一起再来读读陈子昂那首"经典恒流传"：《登幽州台歌》。

此诗可谓妇孺皆知，大家在小学甚至幼儿园时就背过，相信你能张口即来：

前不见古人，后不见来者。
念天地之悠悠，独怆然而涕下。

这一刻，诗人站在幽州台上，极目广袤的北方平原，天高地迥，诗人看到了什么？又想到了什么？张中行先生认为，陈子昂是心有所求，求之不得。我们不妨设身处地，代诗人思考，思古人之想，感古人之忧。

满腹忧愤的陈子昂，只好独自登上幽州台。那一刻，他环顾左右，又极目远眺，忧虑战事，也怜悯自己。遥想当年燕昭王为国延揽贤才的旧事，一时悲从心起，随口吟诵一首，以短歌抒发"此时此刻"的心情。

人生的不如意，对每个人的当下来说，都是最好的安排。"诗家不幸读者幸"，于是，就有了这首传诵千古的名篇《登幽州台歌》。

张中行先生所指大概如此，但如果仅读出的是个体命运的得失，无疑是把这首诗读浅了，读简单了，也小看了陈子昂的境界。

"前不见古人，后不见来者。"开篇横空出世，一语惊人，是在地老天荒中，对人世间的一声断喝，继而突现了茕茕孑立于天地间的清高、孤傲和悲凉。上穷碧落，这个人类赖以生存的星球有过多少生命、多少豪杰，哪一个又不是仅生活在此时此刻的"当下"？即便在同一个时代，心灵间的鸿沟也无法逾越，茫茫人世，处处牢笼。能懂得诗人的人，已"前去"，或还"未来"。两个"不见"，包含了万千思绪，有生不逢时、怀才不遇的愤慨失落，有壮志难酬的孤独寂寞。

这些都太小了！

站在幽州台上的陈子昂，站在诗意的更高维度，放下的恰是"小我"，而从人类的角度"瞻前顾后"。两个"不见"是洪荒宇宙面前的人类绵延史，脆弱而伟大。陈子昂用自己的一声咏叹，把迥绝的"人"立在文学史上。如此胸襟，问问千年后的你我，何许差椒？

由此观照一代女皇武则天对陈子昂的"满心欢喜"，确有根由。

或许，这只是对诗句最直观的解读。每一个鲜活的生命，如果不甘于眼前的苟且，便常是伤痕累累，如同舞蹈演员红舞鞋里裹住的双脚，外人看到了光鲜，却体悟不到光鲜背后的痛。走下幽州台的陈子昂，何尝不是如此。仕途失意的他，扼不住命运的喉咙，又逃不出命运的枷锁，只好独自流泪到天明。

没有过深夜里的号啕大哭，不足以谈人生。

圣历元年（698），官至右拾遗的陈子昂再也无意官场，卸职回乡。没多久，老父去世。陈子昂在父亲墓旁搭了个小屋，循孔夫子的教导，打算住上三年，以尽哀思和孝道。

以为就这样终老乡间，打发余生。未曾想到，陈子昂命犯小人。这小人权力不大，分量却很大，此厮就是县令段简。

权臣武三思指使其罗织罪名，将陈子昂陷害入狱。

天不佑人！陈子昂果然没能再活着走出监狱，诗人的生命戛然而止。

写到这里，心中隐隐作痛，一代又一代，小人不绝于途，如蚁之附，这些宵小的破坏力到底有多大？"蠡"如何测海？善良限制了人们的想象。

君子怎么玩得过小人啊？他们如躲在洞里的硕鼠，从《诗经》里走出来，瞅准你了，瞬间出爪，不待你回神过来，已逃得了无踪迹。

抹不去的，是君子永远的痛。

柳宗元这样评价陈子昂："能极著述，克备比兴，唐兴以来，子昂而已。"又如何呢？一代诗宗的生命之火，还不就这样被一个县令掐灭了！

元代辛文房在读到陈子昂的人生遭遇时，忍不住哀叹："古来材大，或难为用""象以有齿，卒焚其身"。士人仕隐之间的宿命性纠缠，陈子昂注定要把一生耗在其间，看穿了又如何？

天意从来高难问，"君宠"是靠不住的。呜呼！

贺知章

你是谁，你从哪儿来

重返故乡的路程到底有多远？他用了五十年！

唐代诗人贺知章以大半生的时间，苦行了这漫长的地理距离和心理距离。

这一年，即744年，八十六岁高龄的贺知章，连夜草拟了份报告，将蛰伏已久的心思，笔走龙蛇地拟成沉重的乡愁。他提出告老返乡。

辞职报告呈交后，一时成为朝廷上下关注的焦点。大家难舍这位"性旷夷，善谈论笑谑"的"大唐好同事"。往日里，无论什么场合，宫里或宫外，严肃抑或沉重的话题，只要有他贺知章在，常常因他的妙语连珠、口谐辞给而迎刃而解。欢乐的味道三日绕梁，余音袅袅。

贺老头真的要走吗？人们奔走相告，又见面必问。有些同僚甚至沉不住气，专程上门直言："做得好好的，干吗呀？！"至亲友朋也好言相劝："你已在长安工作生活五十年了，北国粗粝的风沙，早将你打磨成粗犷的北方硬汉。如今致仕回乡，一把老骨头了，你还能重新适应江南的吴侬软语吗？况且老家也没什么亲人了，谁来照顾你晚年的生活？"

说客络绎不绝。一个深沉的夜晚，诗仙兼酒友李白领着刚到长安的杜甫，趔趔趄趄地摸黑来到贺府，推杯换盏中，表达出最多的，是万般不舍。

终不过是万般无奈。

唐玄宗将贺知章的退休报告看了一遍又一遍，沉吟不语。当获悉各方说客均无功而返后，皇帝老儿只好亲自出马慰留："贺爱卿，还是留下吧，朕的江山离不开你啊，况且山高路远，你这把身子骨恐怕扛不住噢，再说太子还在等你病好了继续给他上课呢！"

贺知章扑通跪伏于地，颤巍巍地，一连叩了好几个响头后，站起来，捋着花白的胡须，倔强地摇了摇头："谢主隆恩，臣去意已决。"

多年君臣成好友。就此别过，各自保重。走出宫门的那一刻，贺知章的心早已飞越千山万水，栖息于村口那棵老银杏树的枝丫上。

这棵树啊，是故乡的标志，是回家的方向。老枝高耸入云、盘虬卧龙，树干的重重皱褶，历岁月饱经风霜，如老僧入定，静静地等待游子归来。

虽说率土之滨，莫非王臣，贺知章的耿耿思乡之情，最终还是打动了唐玄宗，准奏！

告老还乡并非这位八十六岁老者的心血来潮，而是缘于这年的一场大病。高龄沉疴，躺在床上，贺知章数日不省人事。悲伤的家人以为大限已至，准备为他料理后事。没想到，生命就是这般顽强，他又奇迹般地挺了过来。或许心事未了，或许冥冥之中自有天意，就在重生过来的那一刻，贺知章再次严肃地思考"将往哪里去"这一哲学命题。就是在这个晚上，他做了一个梦，让他幡然醒悟。这个梦，给了他最终且坚定的答案。

辛文房在《唐才子传》中这样记载："天宝三年，因病梦游帝居，及寤，表请为道士，求还乡里，即舍住宅为千秋观，上许之，诏赐镜湖剡溪一曲，以给渔樵。"

贺知章病重时，曾梦游于天帝所居之处。醒来后，立即上书朝廷，要求返乡做道士。他想好了，把老家的旧宅重新装修，改作道观，名字就叫"千秋观"。唐玄宗同意所请，还格外加恩，颁诏把镜湖和剡溪的一段赏赐给贺知章，供他"渔樵江渚"。

贺知章旷达开朗，所谓的"表请为道士"，只不过是表达对朝廷忠诚的一种方式。唐代的李氏政权，也喜欢攀附历史上的名人，以示"我祖上也阔过"。老子李聃因为姓李，道教由此成为显教，被官方定为大唐国教。贺知章的清醒与缜密，从"千秋观"的命名中可见一斑。

该出发了，贺知章与众人一一道别。"帝赋诗及太子、百官祖饯",送行的规格高,场面隆重。唐玄宗赠诗留念,太子和文武百官设宴饯行。

明日非今日,长亭更短亭。千山外,万水中,经一路的辗转颠簸,坐在马车上的贺知章,从心底深处不知呼喊过多少回:家乡该到了吧?!

是的,魂牵梦绕的故乡就在眼前。他踉踉跄跄跳下马车,右手搭在前额远眺,他隐隐约约看到了村口,看到那棵高高的银杏树,此时他的心跳加快,胸口陡然一热。

近乡情更怯。距村口尚一里开外,他拒绝再坐车,执拗地以行走的方式,表达对故乡五十年来的情感亏欠。

走到村口,一群孩子围了上来,他们好奇地打量这张饱经沧桑的陌生脸孔,你一言我一语,其中一个胆大的还奶声奶气地问贺知章:"客人您是从哪来的呀?"

邻家孩儿的声声发问,强烈撞击着贺知章的胸膛,游子多年积蓄的情感,这一刻,如大江奔流难以抑制,所有的人生况味,都尽情地宣泄在这首诗中。

回乡偶书(一)

少小离家老大回,乡音无改鬓毛衰。
儿童相见不相识,笑问客从何处来。

这一笑问,让贺知章泪流满面。三十六岁那年,他离开家乡赴京赶考,并一举考上状元,"春风得意马蹄疾"。

五十年了，长安的花看了一遍又一遍，故乡却渐渐在远去。五十年来，贺知章专注于长安的打拼，宦海沉浮，钩心斗角，多少人事消磨了时光、懈怠了斗志？这一刻，终于回到故乡的怀抱，没想到却成了他人眼中的"客"！"少小"与"老大"间，白驹过隙，岁月无痕，真是韶华易逝，人生短暂。五十年间，与生于斯、长于斯的故土，竟有了疏离与隔膜，渐渐放大为一道情感上的天堑。

已是杖朝之年，他还能抓住多少时光？

故乡飘已远，往意浩无边。年轻的时候，希望离家乡越远越好，外面的世界很精彩；年老了，则希望叶落归根，在故乡温柔的怀抱里，享受生命阳光的明媚。

故乡，给每位外出打拼者以最有力的拥抱、最大的宽容以及最宽厚的抚慰。

生命中，贺知章与李白、杜甫均有交集，彼此还有不少唱酬。他与李白的交情尤深，"诗仙"李白的另一绰号"谪仙人"，就是贺知章在一次酒后的慷慨赠予。

李白因怀才不遇而牢骚满腹，杜甫则因颠沛流离而涕泪交加。和他俩相比，贺知章显然幸运得多了。他三十六岁高中状元，且是浙江有史以来的首位状元。从此官运亨通，一直做到了光禄大夫兼正授秘书监。当时贤能通达的人士对他都十分倾慕，陆象先在执掌中书省时，与贺知章"最亲善"，说贺知章"清谈风韵，吾一日不见，则鄙吝生矣"。贺知章生性潇洒，自称"四明狂客"，又称"秘书外监"。人来人往中，无论向上看还是往下看，他看到的，都是一张张笑脸。

贺知章与李白是"忘年交"，他们是如假包换的"文友""酒友"。关于他们喝酒的故事，杜甫在《饮中八仙歌》诗中有生动的描写。杜甫在诗中极尽调侃："知章骑马似乘船，眼花落井水底眠"。果然是不醉不归。

贺知章与李白初次见面，相谈甚欢。贺知章当即相约李白饮酒，但到了酒馆，发现没有带钱。贺知章急中生智，要把腰间的金饰龟袋解下当酒钱，李白见状赶紧阻止，说："这可是皇上赐给您的饰品，万万使不得！"贺知章大手一挥，管不了那么多了！于是，沽了两壶酒，俩人你来我往，喝得酩酊大醉。

羽毛相同的鸟，自会聚在一起。爱情如此，友情如此，灵魂更是。

"太子宾客贺公，于长安紫极宫一见余，呼余为'谪仙人'。""谪仙人"，有多欣赏就有多慷慨。正是因为贺知章的鼎力举荐，唐玄宗龙颜大悦，不经考试，直接任命李白为翰林待诏。

贺知章除了喝酒，时人眼里他还有另两个著名的爱好——一曰写诗，二曰书法。贺知章的诗以绝句见长，从容不迫，淡而有味。他的诗最与众不同的，在于反映和表现了社会生活中最本质的东西，即人性人情。关于他的书法，时人盛赞是"与造化相争，非人工所到"。他善草隶，作品龙蛇飞舞，神采奕奕。辛文房说他写字时，"每醉辄属辞，笔不停辍，咸有可观，每纸不过数十字，好事者共传宝之"。洛阳纸贵，莫非他练的就是江湖传说的"醉书"？

贺知章应该庆幸所遇到的时代。那时的大唐，正处于最高光的时刻。贺知章一脚踩着"永徽之治"的尾巴，另一脚又踏上了"开元盛世"的快车。导致大唐由盛而衰的安史之乱爆发时，他已去世十一年。就是在这样承平的年代，贺知章才能在安静的书桌旁，与各路朋友推杯换盏，谈诗论道，还可以从容地在自己安静的书房里潜心于铁钩银画。

作为后人，我们也应该感谢那个辉煌的时代。那个时代为唐诗的创作实践培育了一个具有示范意义的诗人，也为封建官场提供了一位个性化官员的范本。

"晚年尤加纵诞，无复礼度。"这样的话语，我认为并非贬词。到了耄耋之年，贺知章仍心如赤子、永葆童心，要不怎能写出这样的诗句：

咏柳

碧玉妆成一树高，万条垂下绿丝绦。

不知细叶谁裁出，二月春风似剪刀。

贺知章以柳树为具象，热情颂扬春天的活力。万物复苏，春姑娘为大地梳妆打扮，给人们带来希望。诗人描绘的这种喜悦，至今仍深深地感染着千千万万的读者。

诗人是豪放的，更是坦荡的。读读《题袁氏别业》这首诗，你一定会深刻感受到诗人的这种情怀。

　　　主人不相识，偶坐为林泉。
　　　莫谩愁沽酒，囊中自有钱。

　　与主人家素不相识，因流连于眼前春光美景，开口就请园林主人帮忙买酒去，并且一再声明，不要担心没酒钱，老夫袋里有的是呢。

　　好顽皮，童心未泯，多像邻家的老头儿。

　　回到家乡，贺知章半隐半居，在亲情的重重包围中，在绿水青山的徜徉中，老人快乐而惬意。他喜欢到剡溪垂钓，又喜欢在镜湖畔坐看夕阳。静谧中，记忆中的人和事，常常瞬间复活。白驹过隙，人生无常，又让老人唏嘘不已，看他的《回乡偶书（二）》：

　　　离别家乡岁月多，近来人事半消磨。
　　　惟有门前镜湖水，春风不改旧时波。

　　读着读着，犹如触摸到了诗人的心跳，虽正垂垂老去，诗人却还深念着这缕拂面

"春风"——昨天的，今天的，未来的。

这是诗人留下的最后一首诗，也是留给家乡会稽山水的最后一首诗。就在这首诗写后不久，老人就安详地告别了人间，他高贵的灵魂，与家乡的绿水青山紧紧拥抱。

五十年前的一天，晨曦中，贺知章坐船离开家乡，赴长安参加科考。彼时的他，意气风发，志在必得。他伫立船头，对着宽阔的江面大声呐喊："长安，我来了！"

按捺不住青春荷尔蒙的冲动，他激情赋诗一首《晓发》：

> 江皋闻曙钟，轻枻理还舻。
>
> 海潮夜约约，川露晨溶溶。
>
> 始见沙上鸟，犹埋云外峰。
>
> 故乡杳无际，明发怀朋从。

少年心事当拿云。那一刻，贺知章心潮澎湃，如滔滔江水。这与五十年后"乡音无改鬓毛衰"相比，有着明亮与沉哀的强烈反差，情感上的巨大悬殊，一般人是难以读懂的。倘若你读懂了，说明你读懂了文字，也读懂了贺知章，读懂了岁月沧桑，读懂了世道人心。

心有山海，静而无边。

上官婉儿

你的才华，小女子说了算

你和谁在一起，你就会成为谁。

　　大唐才女上官婉儿遇上了武则天，她就成了"小版武则天"。

　　上官婉儿一度炙手可热，多年掌管宫中制诰，被武则天封为"内舍人"，时人称她为"巾帼宰相"。

　　上官婉儿能被武则天重用，在当时是桩出人意料甚至石破天惊的事，因为武则天与她有杀祖、杀父之仇。此仇不报非君子也，上官婉儿却能把家仇族恨摆一边，"认贼作父"，而且还"侍仇如父"。她的隐忍与强大，一纤弱女子到底是怎样炼就的？

　　麟德元年（664）的一天早上，上官婉儿的祖父、唐高宗朝的宰相上官仪庄重地穿好朝服，准备春风浩荡上班去。这一天，他要办件大事：帮唐高宗捉刀，起草一道诏书，将皇后武则天废了！

倚笔千言，诏书一气呵成，上官仪很满意，众大臣很满意，关键是唐高宗也很满意。于是，他也就很满意地打道回府，在家静待花开、静待佳音。人逢喜事，晚饭时他要家人加多两个菜，还破天荒地邀上夫人小酌了两杯，这张老脸很快就成了"关公红"。

此妖女必除！稳操胜券，老宰相觉得一切都在自己的掌控之中。然而他错了！

他低估了武则天，他得罪了武则天。武则天使人诬告上官仪谋反。

天大的罪！上官仪被下狱处死，一同被斩的，还有他的儿子、上官婉儿的父亲上官庭芝。

上官家族榱栋崩折，华美的大厦顷刻间倒塌。上官婉儿随母亲郑氏一起被配没掖廷，成为年龄最小的奴仆。

上官婉儿似乎注定不是凡庸之辈。相传她即将出生时，母亲郑氏梦见一个巨人递来一秤道："持此称量天下士。"郑氏大喜，猜想腹中必是一个男孩，将来必能称量天下人才，谁知生下来的却是一个女儿，郑氏大失所望。弥月大喜之日，郑氏将上官婉儿抱在怀中自嘲道："汝能称量天下士吗？"

谁说不能呢，这女孩后来不但专柄内政，还代朝廷品评天下诗文，这不就是梦中所言的"称量天下士"吗？

"有谁从小康人家而坠入困顿的吗，我以为在这路途中，大概可以看见世人的真面目。"

我想，上官家族看见的就不仅是"世人的真面目"，除了屈辱，还有高悬头上时刻掉下的"达摩克利斯之剑"。好死不如赖活。这是中国人的生存哲学，也是中国人的生存智慧。活下去本已如此艰难，但郑氏毕竟身出名门，具有超越性。在没有星星的夜里，她一刻不曾放弃心中的光芒，对女儿上官婉儿悉心培养，让她熟读经典，知书达理。上官婉儿慧心巧思、百伶百俐，加上母亲的循循善诱，不仅很快就能吟诗作文，而且明达吏事。慢慢地，在后宫方寸天地间，上官婉儿小有名气，这名气还传到了武则天的耳里。

　　上官婉儿，武则天记住了这个名字。

　　一个偶然的机会，武则天碰见了上官婉儿："你就是传说中的小才女？"上官婉儿毫不怯场，点头称是。见上官婉儿长相俊俏乖丽，语态从容，武则天初见之下心中便有了几分欢喜，接着提了个要求：久闻你是个才女，朕考考你，咱们以"剪彩花"为题，写一首五律诗，如何？

　　君命难违，她也不想违，这是天赐的机会。稍做思忖，上官婉儿很快舌吐莲花：

　　　　　　密叶因栽吐，新花逐剪舒。

　　　　　　攀条虽不谬，摘蕊讵知虚。

　　　　　　春至由来发，秋还未肯疏。

　　　　　　借问桃将李，相乱欲何如？

武则天展开一读，连连称妙，但又觉得不对，问道："诗中最后两句是什么意思？是在指责朕吗？"上官婉儿回答得不卑不亢："诗无达诂，只看阅读者的心情。"左右见上官婉儿竟敢如此奏对，吓得脸色煞白。没想到，武则天却不恼不怒，反而对上官婉儿身上表现出的某种倔强和胆识倍加欣赏，或许这让女皇想到了自己年轻时候的模样。就在这一瞬间，她决定免去上官婉儿的奴婢身份，并把这位仇家的孩子留在身边，为自己执掌诏命。

选择上官婉儿做自己的贴身"首席秘书"，武则天面临的风险极大，毕竟她与上官婉儿有着诛祖杀父之仇，但武则天却能对上官婉儿网开一面甚至委以重任，想必是对自己的领导驾驭能力有足够的自信。

另一个原因，应该是她爱才心切、求贤若渴吧。

躬身入局，挺膺负责。上官婉儿没有辜负武则天的拨冗一顾，宫里宫外，她都安排得井然有序、层次分明。政令文告，多出自上官婉儿之手。她还建议扩大书馆，增设学士。作为女流之辈，上官婉儿主持风雅，代朝廷品评天下诗文，帮武则天简拔文人学士，倡导文化。施蛰存先生认为，武后的朝臣中，诗人群体最为庞大，这种蓬勃生长与上官婉儿的精心组织与策划有着莫大的关系。

上官婉儿的祖父上官仪是律诗对法的倡导者、制定者。她继承家学，作文赋诗一时无出其右。她的《彩书怨》，就是典范之作。

叶下洞庭初，思君万里余。

露浓香被冷，月落锦屏虚。

欲奏江南曲，贪封蓟北书。

书中无别意，惟怅久离居。

　　全诗的大意是：秋天又来了，满江的红叶向洞庭湖悠悠飘去，而你却在迢迢的万里之外。秋夜长，相思更长。只有寒露带来的凄凉，只有月儿与我为伴。真想弹奏一曲热闹的江南采莲曲，把它封上后，一封又一封地寄往蓟北。信中无他，缀满的只是长久以来的相思与惆怅。

　　上官婉儿在诗中以闺中思妇的口吻，塑造了一位秋天怀念离居已久丈夫的妻子形象，读来让人感到深沉开阔又情真意切。"江南曲"本不是此诗必不可少的词语，但为了对"蓟北书"，就创造出"欲奏江南曲"句，思情之深、怨绪之烈，扑面而至。怪不得施蛰存先生在《唐诗百话》中就曾由衷地说过："五言律诗的格调形成于武后朝，文学史上虽然归功于沈、宋，但我想上官婉儿也一定有一份功绩。"

公务之余，上官婉儿常替武则天张罗组织各种诗会。君臣间多有应制、奉和，上官婉儿既是主持者，又是品评者。这一过程中，她本人也创作了大量作品。尤难能可贵的是，上官婉儿作为一个女性诗者，却在奉和、应制诗中不让须眉，表现出了大气恢宏的气度，如其《驾幸新丰温泉宫献诗三首》中的一首。

三冬季月景龙年，万乘观风出灞川。
遥看电跃龙为马，回瞩霜原玉作田。

此诗为绝句体，作者以遥看、回瞩之"龙为马""玉作田"的昂扬生气与壮观之景，衬托出圣驾出行的恢宏气势，可谓"神老气健"，足见她手到擒来的文字功力。

当然，字里行间读到了上官婉儿对武后的真心膜拜，也读到了她对权力更强烈的渴望。

神龙元年（705），张柬之等人与拥护李唐宗室的大臣合力发动"神龙政变"，武则天被迫退位。神龙政变后，唐中宗成功复辟。权力易主，一朝天子一朝臣，但上官婉儿并没被边缘化，一如既往被信任，专掌起草诏令，不久又拜为昭容。一人得道，鸡犬升天。母亲郑氏母凭女贵，被封为沛国夫人。

旧主武则天对上官婉儿来说，既是仇人，又是贵人，更是她的政治导师。上官婉儿一度想亲手打造"武则天第二"。她与韦皇后、安乐公主交往频仍，常常策划于密室，屡次劝说韦皇后。可惜，人算不如天算，这回老天爷没帮她，上官婉儿事败后被诛。

一代才女上官婉儿就这样香消玉殒，包括她倾国倾城的才华。唉，千年一叹。

晚唐诗人吕温，对上官婉儿的诗才文才极为叹服，曾经赋诗一首，表达对她"巾帼不让须眉"的感慨。诗曰："汉家婕妤唐昭容，工诗能赋千载同。自言才艺是天真，不服丈夫胜妇人……"

从一个罪臣的遗孤，到位正二品的女官昭容，上官婉儿实现了人生的逆袭，她的人生反转令人叹为观止，但想到了开头，却没想到结局。风光之后，她最终还是死于权力的冷酷之刃。生命从原点出发，一切终又回到起点。此中蕴含着什么因果，又有什么玄机呢？

自己的人生，自己却不是主人。如果，也只能仅仅是如果，上官婉儿若能拥有一张安静的书桌，然后安静地做个诗人，凭此就足以扬名立万。只是在命运的转盘之下，她又有多少话语权？

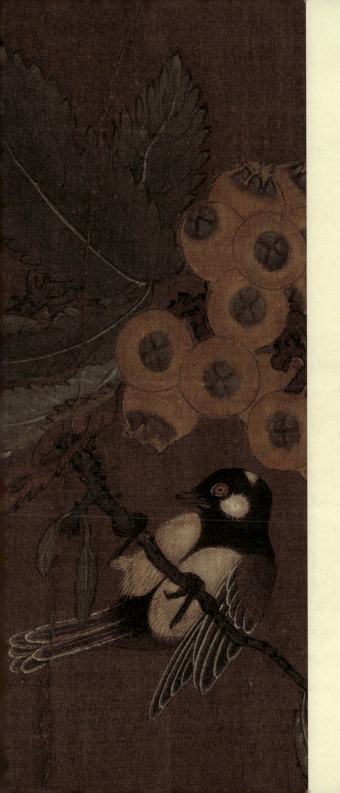

张旭

「狂草」人生

张旭是跨界的，或者说是位复合型人才。因擅长草书，他与怀素齐名，时人称他俩为"癫张醉素"。

他和贺知章、张若虚、包融同为江浙一带人，被雅称为"吴中四士"。因千杯不醉，饮酒海量，与李白、贺知章等其他七位又有了另外的称谓——"饮中八仙"。他的草书、李白的诗，以及裴旻的剑舞，被时人称为"三绝"。"三绝"者，是大唐三张熠熠生辉的文化名片。

《新唐书》对他写字时的情形，有着非常传神的记述，不敢独享，兹录如下："嗜酒，每大醉，呼叫狂走，乃下笔，或以头濡墨而书，既醒自视，以为神，不可复得也。"

张旭嗜酒如命，每酩酊大醉后，必呼叫狂走，然后惊天下笔。有时，他还用头上的发束濡墨书写。写完后，一笔掷去，他便倒在地上呼呼大睡。

从头到脚的艺术家范儿，而且还是位先锋派的行为艺术家。待酒醒来，一看笔墨痕迹，他简直不敢相信，这真是自己写的字吗？张旭揉揉眼睛，还是不敢相信，如有神助啊，他又忍不住提笔再来，却难找到原来的感觉，已写不出原样的作品。

"张癫"由此而来。

读了一本书的结尾，更应读一本书的开头。没出名之前，张旭是官场上的"菜鸟"，一个小小的常熟尉。有一天，一位老人家找他打官司，张旭详细了解情况后，飞快地写下判决，老人笑眯眯转身而去。翌日一早，张旭在书房里刚刚坐下，这位老人家又来了，同样笑眯眯地站在门口。咦，怎么了？张旭疑惑不解，难道是怀疑我的业务能力？忍不住斥责了两句，老人家依然是笑眯眯，一会儿以恭敬的口吻说："老朽看你的笔法奇妙，想多要两张你亲书的判决书，以好好珍藏，作为传家宝呢。"

哦，原来是自己的粉丝。

张旭恍然大悟，继而转怒为喜，知音啊，于是忙不迭地问："老人家，府上还收藏了些什么？"老人家说"小有收藏"，并热情相邀。来到老人家里，老人把家中父辈收藏的书法作品悉数拿出，一次性让张旭看个够。张旭欣喜若狂，心中细细揣摩，颇有心得。嫌不够，后又几次登门拜访，《唐代诗人考》说他由此终"尽得其法"。

成为书法名家之后，张旭并未孤芳自赏、故步自封，而是不断推陈出新，将创新进行到底。开元元年（713），张旭飞动毫端的"狂草"书法已逐渐成形。

据说，另一位书画大家吴道子对他仰慕多时，专程登门拜访，向张旭求教笔法。张旭退居洛阳时，"罢职醴泉"后的颜真卿，不顾路途迢迢前来向张旭讨教书法。历史的天空忽明忽暗，三位文化巨星却因书法而先后交集，实乃文化幸事、盛事，令后人心潮澎湃。

不过，《新唐书》对张旭的记载过于简单，并且有造神的嫌疑。张旭之所以能成为一代宗师，绝非如此简单。孟子说过："今夫弈之为数，小数也；不专心致志，则不得也。"对于成功者，我们往往惊叹于他们的结果，而对结果之前"悬梁刺股"式的付出却自动屏蔽。张旭除了刻苦勤奋外，还心细如发。他在见惯不怪的寻常中，善于发现艺术的真谛。他与人说过，当初看见公主担夫争道、听到鼓吹之声，从中便体悟到了书法之意，又从观赏公孙舞的《剑器》中悟出书法之神韵。总而言之，张旭的草书之妙，源于生活，却又高于生活；主观情感结合，也因细节而获得。

"张癫"之称万丈光焰，将张旭的另外一个身份遮掩得严严实实。其实，他还是位诗人，如其书艺，诗也写得笔扫千军，《山中留客》这一首可"一叶知秋"。

　　　　山光物态弄春晖，莫为轻阴便拟归。
　　　　纵使晴明无雨色，入云深处亦沾衣。

　　客人想走，主人想挽留，这是生活中经常见到的一幕。"山中留客"，目的是留下来一起欣赏山中景色。一般的套路，大概率是着墨于一泉一石、一花一木。张旭却另辟蹊径，一句"山光物态弄春晖"就全部搞定，整个春山的面貌，渲染得满目生机、盎然有趣。

　　有时候，精细的繁密反不及空落的疏淡。没有了想象的空间，也就要了艺术的命。张旭深谙这一点。

　　第二句则扣住了题目，"莫为轻阴便拟归"与"留客"呼应。因何"归"呢？"轻阴"，一片清淡的云。如果从人生的维度思考，"莫为轻阴便拟归"似乎有了更深韵味，更远旨意。

第三句虚拟晴明无雨之境，力道却在一处尾句。"沾衣"两字，把山林那种"云青青兮欲雨，水澹澹兮生烟"润泽清爽之感带出，又将诗人倾心林莽生活之态擘画得淋漓尽致。

和书法一样，张旭诗歌的表达形式也追求创新，有时字里行间还有一点点智慧的狡黠，这在《桃花溪》里就表现得悠然不绝：

隐隐飞桥隔野烟，石矶西畔问渔船。
桃花尽日随流水，洞在清溪何处边？

诗中意旨，显然是借用了陶渊明在《桃花源记》中营造的情境。看得出，张旭也有向往世外桃源的归隐之心，但他棋高一着，全诗以问句结尾。溪上漂流着桃花瓣可是从桃花源里流出？洞口又在桃花溪的什么地方呢？一语之下，诗人把疑问抛出，引发读者对桃花洞的美好遐想，也是作者对自己决心的追问，对"我归何处"的归隐本质思考。心境如此，《桃花溪》便又与《山中留客》一诗暗合上了，妙哉！

张旭的官不大，初为常熟县尉后，先后出任左率府长史、金吾长史，因此又被后世称为"张长史"。

生命是种律动，须有光与影，有左有右，有晴有雨，滋味就包含在这变幻莫测的曲折中。

张九龄

风度天下

君臣间发生冲突，在古代官场是小概率事件，张九龄就是这样小概率事件的制造者。

　　冲突在对范阳节度使张守珪使用上。因斩杀契丹"可突干"有功，作为奖掖，唐玄宗打算提拔他为侍中，相当于宰相一职。

　　时任秘书少监的张九龄，对皇上这一决定坚决反对，理由是"宰相代天治物，有其人然后授，不可以赏功"。宰相是代天治民的神圣之职，岂可轻易用来打赏？！

　　虽贵为天子，面对张九龄犯颜强谏，唐玄宗压住怒火，还是以商量的口吻退而求其次，那么，给他名义上的宰相总可以了吧？

　　也不行！

　　张九龄毫不让步，进而奏对："名器不能假借，如果其他人有了更大的军功，皇上又用什么来给他赏功呢？"唐玄宗只好作罢，下旨退朝，闷闷不乐找杨玉环倾诉去了。

没多久，同样棘手的问题又来了。唐玄宗准备任用凉州都督牛仙客为尚书，又一次征询张九龄的意见。张九龄依然一根筋，还是不给老板面子，再次强项地答曰："不行！尚书，历为纳言之职，我朝多任用旧相担任。牛仙客不过是河、湟地区的一小官，假如位居纳言之位，天下人怎么看？"

唐玄宗低头思考了一下，觉得有几分道理，于是改口说："如果不行，赐给他实封吧？"张九龄回答："皇上如果一定要赏赐他，用金帛就行了。"

有没有搞错，这天下到底姓李还是姓张?！这一回，唐玄宗没再听从。不仅如此，张九龄还为自己的耿直付出了代价——被贬为荆州长史。

张九龄很受伤，快快地回家打点行装，又快快地离开长安，到荆州履新去了。他这次遭遇政治上的"滑铁卢"，除了在人事安排上忤逆了唐玄宗外，还有一个重要原因，是他忽略了牛仙客背后强有力的后援——大内总管李林甫。

李林甫是史上臭名昭著的小人，大唐从强盛走向衰败，在很大程度上拜"李林甫们"所赐。

读史书时，遇到不少"李林甫"，看到他们上下其手，心中总是愀然一紧：如果没有这些人该多好啊！小人对人，君子对事，对事的永远玩不过对人的。

小人不发光，还要吹灭君子手中的蜡烛。

唐玄宗执政后期，有些忘乎所以，沉溺酒色，纵容奸佞专权，朝政日趋黑暗，大唐颓势已现。忧勤惕厉的张九龄，深刻意识到已无法力挽狂澜，他只是想尽点人事而已。

　　可是，小人在啊！

　　李林甫为什么忌恨张九龄呢？理由有些荒诞，《新唐书》这样解释："李林甫无学术，见九龄文雅，为帝知，内忌之。"就因为别人有才华有风度，又得到皇上信任，如此便得罪了李林甫，就要给张九龄穿小鞋？好人的好，一览无遗；坏人的坏，深不可测。小人们挖空心思整人，目的一样，只是套路不同而已。

　　离开了长安，在荆州长史任上，张九龄虽一如既往地鞠躬尽瘁，但还是苦闷难遣，唯以赋诗抒怀，他写了十二首《感遇》，读其中之一：

> 兰叶春葳蕤，桂华秋皎洁。
> 欣欣此生意，自尔为佳节。
> 谁知林栖者，闻风坐相悦。
> 草木有本心，何求美人折。

　　虽然被边缘化，被贬谪外地，但诗人情操不变，芳质依旧。读这首诗时，让人不禁想起自沉于汨罗江的屈子。此诗尤其是最后两句，已是千古名句，从中读到了作者恬淡达观的胸怀、清高矜持的气节以及不孜孜求于荣利的心志，给人以浩然之气的激扬。

在同题的另一首诗中，张九龄更是直言不讳地警告李林甫、牛仙客，他们将有"金丸之惧"，不妨读读全诗：

> 孤鸿海上来，池潢不敢顾。
> 侧见双翠鸟，巢在三珠树。
> 矫矫珍木巅，得无金丸惧？
> 美服患人指，高明逼神恶。
> 今我游冥冥，弋者何所慕。

诗中的"双翠鸟"，显然指的是朝中正炙手可热的权臣李林甫和牛仙客。诗人以"孤鸿"自比，最后两句便借鸿雁口吻道出其欲忘记俗尘，飞身投入苍茫无际的天空中的旷达态度。这既表明了作者不与小人同流合污的心志，更多的则是面对朝局有心无力的无奈。

张九龄忠耿尽职，直言敢谏，历史称他为"开元之治"时期最后一位贤相。武惠妃曾阴谋陷害太子李瑛，张九龄坚持为太子李瑛辩护，后武惠妃阴谋败露，太子李瑛逃过一劫。

张九龄有识人之才。他在不同的领导岗位上，提拔了一大批俊才英彦。贬谪荆州时，辟孟浩然为荆州幕僚，后又提任王维为右拾遗。孟浩然曾投诗张九龄《望洞庭湖赠张丞相》，渴望为国效力。

八月湖水平，涵虚混太清。

气蒸云梦泽，波撼岳阳城。

欲济无舟楫，端居耻圣明。

坐观垂钓者，徒有羡鱼情。

徒有羡鱼情？孟浩然这回的担心是多余的，张九龄没让他失望。因他的伯乐之名，杜甫为此写下《八哀诗》，不吝笔墨吊唁"八哀"之一张九龄。

八哀诗（节选）

乃知君子心，用才文章境。

散帙起翠螭，倚薄巫庐并。

绮丽玄晖拥，笺诔任昉骋。

自我一家则，未缺只字警。

千秋沧海南，名系朱鸟影。

归老守故林，恋阙悄延颈。

波涛良史笔，芜绝大庾岭。

向时礼数隔，制作难上请。

再读徐孺碑，犹思理烟艇。

这首长诗，杜甫要表达什么？有诗评家这样说："哀相国者，哀其志存王室，明皇始终不能信用，为可惜也。"

精辟！

　　张九龄是韶州曲江人，人们尊称他为"张曲江"，时人又称他为"岭南第一人"。这个称谓得来，盖缘于他在当时文坛政坛上的影响力，此外也是因为他有开凿梅关之功。

　　716年秋，张九龄因直言又一次得罪了朝中同僚，眼看工作环境日趋险恶，李隆基对他已没有往日的热情。惶惶无所计，他只好称病返家，辞官归养岭南。回到曲江老家时，张九龄并不是坐享清福，而是决心搞一件大事情。

　　当时出入岭南必经大庾岭。梅关险阻，南北往来极为不便。作为岭南人，张九龄对大庾岭梅关"人苦峻极"的阻碍深有感受。于是他上奏朝廷，请求开凿大庾岭新路，并亲自"披挂上阵"。

数年后，大庾岭古道终于修通，南北交通大为改观。自此后，广袤的岭南不再是化外之地，中原的风习习吹来，岭南草木因雨露而更加郁郁葱葱。"波涛良史笔，荒绝大庾岭。"杜甫的这句诗，正是对张九龄这一历史功绩的褒扬。

因这条古道，张九龄走上了历史的塔尖，一直被后人铭记。小时候，在赣南乡间，月朗星稀的夜晚，爷爷喜欢坐在竹椅上给我们四兄妹讲"古"。话语中，常提及梅关，提到梅关，必提及张九龄。爷爷年轻时曾顺着东江"放排"，大量从赣南深山老林采伐的木头，靠水路运输送到广东。爷爷和他的工友，去时走水路，返时必经梅关。爷爷说，梅岭险峻，连鸟儿都飞不过，多亏了张宰相啊！

安史之乱是大唐由盛转衰的一道重要历史分水岭。安禄山的犯上作乱，让大唐国运走向衰败且不可逆转。最早察觉到安禄山狼子野心的，正是张九龄。当初安禄山以范阳偏校的身份入朝上奏，气色骄蹇，张九龄打量一番后，对同僚裴光庭说："乱幽州者，此胡雏也。"待口大气粗的安禄山讨伐奚、契丹失败后，节度使张守珪大怒，将安禄山捕送京师，张九龄在状纸上批示："禄山不容免死。"遗憾的是，唐玄宗犯迷糊了，将安禄山赦免。张九龄急了，大声对唐玄宗说："禄山狼子野心，有逆相，宜即事诛之，以绝后患。"唐玄宗听罢，头也不抬，冷冷地回道："卿无以王衍知石勒而害忠良。"张九龄气得要吐血，但有什么办法呢？人家搞定了杨贵妃娘娘，认了干娘。

张九龄目光犀利，安禄山后来果然造了干爹干娘的反。狼狈逃到四川的唐玄宗，念起张九龄当年的"盛世危言"而追悔不已，与近臣谈起时，痛心疾首，唯有一叹："蜀道铃声，此际念公真晚矣；曲江风度，他年卜相孰如之。"肠子都悔青了吧？但又有什么用呢？张九龄已去世十五年了。

悔不该当初啊，世上没有后悔药。

唐玄宗为了"罪己"，派使臣专程到韶州祭奠张九龄，并以优厚的财物抚恤他的后人。张九龄当年在朝堂上表现出的鉴人之能，是他本人沉重的一声叹息，更是大唐盛世的一曲挽歌。

唐玄宗对张九龄追忆是真诚的。以后凡用人，他一定要问身边的人："风度能若九龄乎？"以张九龄为官员范式。史书上说张九龄举止优雅，风度不凡。

依照旧例，公卿上朝时都将笏板插在腰带上，然后乘马而行。张九龄则经常让随从拿着笏板，后来为了方便，又专门设置了笏囊。张九龄但开此风，很快在官员队伍中传开并成为时尚。

张九龄七岁时能写文章，十三岁曾上书请托广州刺史王方庆。读过张九龄的文章后，王刺史感叹道："此人必能致远。"

一代文宗、三次拜相的张说被贬至岭南，与张九龄有缘一见，张说对少年张九龄深为赏识。后来还一路加以提携，不惜放下身段主动与张九龄联为宗族。

张说常与人说张九龄将是"后出词人之冠也"。这个评价，我想绝非因为他们都姓"张"，一首《望月怀远》，读后体味到诗人浩瀚的才情，以及张说的爱才之心。

　　　　海上生明月，天涯共此时。
　　　　情人怨遥夜，竟夕起相思。
　　　　灭烛怜光满，披衣觉露滋。
　　　　不堪盈手赠，还寝梦佳期。

　　《望月怀远》是一首月夜怀念远人的诗，是作者在离乡后，望月而思念远方亲人而写的。起句"海上生明月"意境雄浑阔大，是千古佳句。它和谢灵运的"池塘生春草"、鲍照的"明月照积雪"、谢朓的"大江流日夜"以及作者自己的"孤鸿海上来"等名句一样，看起来平淡无奇，没有一个奇特的字眼，没有一分点染的色彩，脱口而出，却具有自然的一种高华浑融气象。

　　第二句"天涯共此时"，即由景入情，转入"怀远"。前有谢庄《月赋》"隔千里兮共明月"，后有苏轼《水调歌头·明月几时有》"但愿人长久，千里共婵娟"，都是写月的名句，其旨意也大抵相同。但由于各人以不同的表现方法，表现在不同的体裁中，谢庄是赋，苏轼是词，张九龄是诗，相体裁衣，各极其妙。这两句把诗题的情景，一举收摄，毫不费力，仍是张九龄作古诗时浑成自然的风格。

颔联"情人怨遥夜，竟夕起相思"，直抒对远方友人的思念之情。"情人"，多情的人，有怀远之情的人。这里指诗人自己。"遥夜"，长夜。"竟夕"，通宵。诗人思念远方的友人，以至于彻夜辗转反侧，满院子的长夜漫漫。

颈联"灭烛怜光满，披衣觉露滋"，承接颔联，具体描绘了彻夜难眠的情境。"怜"，爱怜。"滋"，沾湿。上句写诗人徘徊于室内。吹灭蜡烛，更加爱怜洒满一地的银色月光。下句写流连于庭院中。夜色已深，更感到露水也沾湿了身上的衣裳。这就把彻夜难眠的形象传神地描绘出来。

尾联"不堪盈手赠，还寝梦佳期"，这月光饱含我满腔的心意，可是又怎能赠送给你呢？还是睡吧，睡了也许能在梦中与你欢聚。全诗至此虽戛然而止，仍觉余韵袅袅，令人回味无穷。

古时"岭南多瘴气"，乃"南蛮之地"。白居易曾有诗云："瘴地难为老，蛮陬不易驯"，又说是"官多谪逐臣"。韩愈因谏迎佛骨表，被贬潮州，乍听到这一消息，便"惊恐人心身已病，扶舁沿路众知难"，贬谪途中见到侄子时又咏出"知汝远来应有意，好收吾骨瘴江边"。

就是从南蛮这块土地走出来的张九龄，居然成为大唐政坛文坛双绝。

《旧唐书》更是不吝赞誉，称"九龄文学政事，咸有所称，一时之选也"。可惜，唐玄宗没能将"开元之治"的传奇进行到底，辜负了一代贤相张九龄。

明月还是那一轮，天涯却不再是张九龄的那个天涯。

无论在权力中心长安，还是在偏僻之地曲江，张九龄一定无数次地仰望过苍穹，浩渺心思寄与明月。看他的《赋得自君之出矣》——

自君之出矣，不复理残机。
思君如满月，夜夜减清辉。

"思妇"思念"良人"，换得一壁憔悴。我想张九龄也曾经执着地想，愿以一己之瘦，换得天下之肥，但日渐昏聩的唐玄宗没给他机会，历史同样也没给唐玄宗机会。

你听，渔阳鼙鼓已隐隐传来。

李隆基

代表作是贵妃娘娘

一半是海水，一半是火焰；先为明君，后为昏君。

后人对唐玄宗李隆基的评价，大抵逃不过这样的"对半开"，情感上则多是爱恨交加。

渔阳鼙鼓动地来。那一刻，宫中正在盛大上演《霓裳羽衣曲》，但见大内总管高力士三步并作两步，然后匍匐在唐玄宗脚下，语无伦次。好一阵子才听明白过来的李隆基，吓得脸色煞白，紧急叫停演出，然后一把拉上贵妃娘娘，撒开脚丫以百米冲刺的速度一路向西，狂奔，狂奔。

狂奔百里开外，唐玄宗喘气回望，但见长安"九重城阙烟尘生"。继续往西逃，紧随其后是"千乘万骑西南行"，护驾的队伍是临时拼凑的，尘土飞扬中，目力所见，是遍地的人仰马翻。

755 年，安史之乱爆发。这场内乱，中断的不仅是一场宫廷盛会，还有"开元盛世"的传奇，以及大唐一代的国运。

在这场浩劫中，唐玄宗可谓"赔了夫人又折兵"。马嵬坡上，是他的伤心处，更是耻辱地。因"六军不发"，唐玄宗只好忍痛缢杀了杨玉环，"君王掩面救不得，回看血泪相和流"，心爱的女人都保护不了，还算什么男人?！不过，历史上有不少男人都是孬种，都是习惯"甩锅"的主儿，山穷水尽、走投无路时，没什么辙了，只能把责任转嫁到"祸水红颜"，要不怎会有"十四万人齐解甲，更无一个是男儿"这般被人打脸的羞辱呢?

被安禄山打得鼻青脸肿、狼狈不堪，但李隆基还是要颜面的，他深一脚、浅一脚逃往四川避险。如此不堪，他却讳莫如深地说成是赴蜀地打了回猎。这种"精神胜利法"被后来许多迂腐的读书人"照葫芦画瓢"。

费尽九牛二虎之力，终于将安史之乱扑灭，李隆基得胜回朝。从四川启程返回长安，经剑门时，他写了首诗，至今读来，令人五味杂陈。

幸蜀西至剑门

剑阁横云峻，銮舆出狩回。

翠屏千仞合，丹嶂五丁开。

灌木萦旗转，仙云拂马来。

乘时方在德，嗟尔勒铭才。

　　看看标题，明明被叛将惊破清梦后逃往四川，李隆基却用了个"幸"字。这是封建帝王专用的字眼，不可僭用，否则要掉脑袋的，如视察某地称"幸"，独宠某美人也称"幸"。"銮舆出狩回"中，"銮舆"代指唐玄宗自个儿了，"出狩回"，指打猎满载而归，这样的粉饰，真是高端大气上档次。

　　话说回来，认真读这首诗，作者丰富的想象力和娴熟的艺术表现手法，还是让人叹服的，如果不是他人捉刀的话。诗中描绘剑阁的峥嵘气势，借神话传说勾画得让读者身临其境。

　　又比如说，第三联写登山时盘旋而上，居高眺望，是茂密灌木遮蔽了漫天飞舞的旌旗，还是漫天飞舞的旌旗遮蔽了茂密的灌木？无论如何，这种动静结合，忽隐忽现，表现的全是剑阁"一夫当关，万夫莫开"的险峻与秀丽。

虽被干儿子安禄山弄得蓬头垢面，但必须承认，唐玄宗在这次家国狼狈中绽放了诗情。

曾做过无数次假设，唐玄宗如果不重用李林甫、杨国忠和高力士，又不将杨玉环"万千宠爱集一身"，他自己亲手开创的大唐极盛"开元盛世"，是不是会走得更远些呢？历史可以假设，但无法重来。不过有一点可以肯定，当初接手大唐这个烂摊子时的李隆基，还是非常想有一番作为的。他先与太平公主联手诛杀了韦后集团，后又诛杀了太平公主及其同党，再到大胆任用姚崇、宋璟等名臣，进而拨乱反正，励精图治。这一切都可以看到作为一代明主的基本政治品质，特别是唐玄宗早期的民本思想，于封建君王而言，更是弥足珍贵，这也是他上半场治国理政获得成功的可能。

一首《早登太行山中言志》，可以读到唐玄宗"立德追先哲，治国仿昔皇"的冲天豪迈。

清跸度河阳，凝笳上太行。

火龙明鸟道，铁骑绕羊肠。

白雾埋阴壑，丹霞助晓光。

涧泉含宿冻，山木带余霜。

野老茅为屋，樵人薜作裳。

宣风问耆艾，敦俗劝耕桑。

凉德惭先哲，徽猷慕昔皇。

不因今展义，何以冒垂堂。

起了个早，打宫中出来，"渡黄河""上太行"，还劳动了一大帮人跟着，唐玄宗不在宫中好好待着，如此跋山涉水，为谁辛苦为谁忙？本诗的最后四句，李隆基做了回答：效仿前辈，攀登太行；宣抚百姓，伸张正义。

这一时期的李隆基，既想做一位好皇帝也是一位好皇帝，有理想，很清醒，比较纯粹。

自汉以降，历代帝王，均以孔孟的信徒自居，试图从中找些施政的思想基础和方法，至于能否做到，愿不愿意做，那只能看个人的造化了。

孔子曾如"丧家之犬"奔走呼告于各诸侯之间，宣扬兜售自己的王道仁政，可惜没什么人搭理他。回望万世师表的这段人生窘迫，唐玄宗对此唏嘘不已。开元十三年（725），唐玄宗到泰山祭天，途经孔府，专门派使者到孔林祭祀孔夫子，他还写过一首诗：《经邹鲁祭孔子而叹之》。

夫子何为者，栖栖一代中。

地犹鄹氏邑，宅即鲁王宫。

叹凤嗟身否，伤麟怨道穷。

今看两楹奠，当与梦时同。

诗的大意是：尊敬的孔老夫子，你一生劳碌奔波，周游列国，究竟想要做成什么呢？如今这地方还是鄹县的城邑，你终被安葬在了出生的土地，然而你的旧宅曾被后人毁坏，改建为鲁王宫。在你生活的当时，凤鸟不至，你叹息命运不好；麒麟出现，你又忧伤哀怨，感叹世乱道穷。你一生不如意，看今日你端坐在堂前两楹之间，接受后人的顶礼祭奠，正如同你生前梦境中所见的一样，想必你也该稍感慰藉了吧?！读这首诗，也读到了唐玄宗不经意间露出的得意：如果你孔夫子遇到像我这样开明的君主该多好。还有，如今我治下的天下，已是"稻米流脂粟米白，公私仓廪俱丰实"，如此盛世，是不是可以告慰夫子你的在天之灵呢？

看得出，唐玄宗因自信而自负，只是可惜，他没能将"开元"这一神话续写到底，最终重陷"亦使后人而复哀后人也"的历史怪圈。

沉溺于杨贵妃的温柔乡里，唐玄宗渐渐地"策反"了自己。与其说被爱情蒙蔽了眼睛，不如说被欲念冲昏了头脑。决定在宫里大兴土木，斥巨资打造一座"五星级"的琼楼玉宇、桂殿兰宫，唐玄宗亲自起了个富有诗意的名字："花萼相辉之楼"。面对众爱卿的反对，唐玄宗回答的理由硬气而简单——"我是天子我怕谁！""从此君王不早朝"，"花萼楼"成了唐玄宗、杨贵妃两人的花花世界。而安禄山掀起的腥风血雨，此时即将狂飙而来。

如果将诗才转化为治才，心系天下苍生，而不是系在杨贵妃一个人身上，李隆基本人和他的家业又是什么结果？没有假设，也不会重来。历史只是慷慨地赠予后人一面镜子，让一切无情地现出原形。

　　李隆基曾笑笑别人，也被别人笑笑。

王之涣

不怨杨柳，怨什么

唐代诗人中，王之涣的知晓度排名前十，我敢打包票。

　　王之涣，善于写诗，且多引为歌词，《唐才子传》中说"每有作，乐工辄取以被声律"。他的诗歌，只要一经乐工谱上曲子，就会迅速火热流行，坊间歌女争相传唱，毫无悬念地跻身周榜、月榜、年榜的十大金曲，唱响大江南北。

　　同气相求，同声相应。王之涣与诗人王昌龄、高适等情投意合、情同手足。辛文房毫不掩饰羡慕地称之"忘形尔汝"，亲密到就差没同穿一条裤子了。

　　有一天，夜幕降临，王之涣与王昌龄、高适相约"共诣旗亭"。"旗亭"也即酒招，这里指的是酒楼。李贺在《开愁歌》中有过生动的描写："旗亭下马解秋衣，请贳宜阳一壶酒。"在唐代诸多诗人中，吟诗与饮酒如影相随，难以"断舍离"。读他们的诗，即便已离我们很遥远了，但似乎仍能嗅到浓烈的酒香，千杯不醉，千年不醉。

话说王之涣和王昌龄、高适进得门来，但闻阵阵莺声燕语，又或推杯换盏，人声鼎沸、喧闹非凡。酒保唱喏一声，将王之涣等引入一雅间。"媚眼含羞合，丹唇逐笑开"，紧贴他们身后进来的，是一群花枝招展的梨园女艺人。别鄙视她们，她们可是当时的流行女歌手。

几杯酒落肚，王昌龄有点醉眼迷离，提出玩个游戏助兴。获得众人同意后，他踉跄着站起来用手指比画一圈说："我辈擅诗名，未定甲乙。可观诸伶讴诗，以多者为优。"是啊，社会上都说我们的诗写得好，但到底谁的最好呢？是骡子是马拉出来遛遛。办法很简单，就让这些歌女唱诗，谁的诗被吟唱得多，谁就排在第一，如何？

好主意，全票赞同，热烈鼓掌通过。事不宜迟，比赛开始。

一位歌女率先登台，她一开腔便接连唱了王昌龄的两首绝句，王昌龄面露得意之色。接着，另一位歌女唱了高适的一首绝句。王之涣气定神闲，还调侃道："乐人所唱皆下俚之词。"

她们唱的都是通俗的曲子。言毕，他一脸的不屑。

过了一会儿，又一位歌女施施然起身走到前台，清了清嗓子，才着一字，即感心动耳，如翠鸟弹水，似黄莺吟鸣。请听——

> 黄河远上白云间，一片孤城万仞山。
> 羌笛何须怨杨柳，春风不度玉门关。

这不正是王之涣的名篇《出塞》（又名《凉州词》）吗？一曲唱罢，让众人"良久有回味，始觉甘如饴"。

众歌女纤掌相击，异口同声喊道："再来一首，再来一首！"这位歌女应现场观众的强烈要求，一口气又唱了两首，巧极了，都是王之涣的诗。

哪两首？有点可惜，辛文房在《唐才子传》中没详细记下一笔。

王之涣完胜。他举着酒杯，激动得趔趔趄趄，好不容易才站稳了。他以胜利者的口吻对王昌龄、高适说："田舍奴，吾岂妄哉！"你们这些乡巴佬，我可没有瞎说啊！

言罢放肆大笑。众歌女如堕云雾，不明就里，待明白个中原因后，个个笑得花枝乱颤，乐了好一阵子，才郑重地整衣敛容，集体上前对王之涣深施一礼，连番抱歉道："肉眼不识神仙。"怪我们的肉眼凡胎，不知道神仙来了。听这一说，王之涣赶紧满上一大杯，诚心诚意地给歌女们敬上一杯又一杯酒，结果是"酣醉终日"，喝了一整天，醉了一整天。

这一夜，余音与光华，绕梁久久不绝。

王之涣少时有侠气，交往的大多是五陵年少。击剑悲歌，架鹰打猎，是他和玩友们的主要娱乐方式。时人说他"慷慨有大略，倜傥有异才"。深以为憾的是，磐磐大才者如王之涣，《旧唐书》《新唐书》竟然不着一字，幸有辛文房的《唐才子传》，后人对他的人生履历多少还能有所了解。

倦鸟终要归巢。有一天，不知道受到什么刺激，王之涣突然大彻大悟：人生不能再这样虚度下去了。无效的社交，往往摧毁有趣的灵魂。他坚决与众玩友说过"再见"，就心无旁骛将时间和志向专注于两件事——读书与写作。

板凳要坐十年冷。积十年之功，王之涣脱颖而出，当时的诗评家认为他的诗情致高雅畅达，有齐梁时代的风格。"蟠发垂髫，皆能吟诵"，用词朴实，造境却极为深远广袤。

可惜的是，王之涣写的诗歌失散严重，仅有六首流传于世。其中《登鹳雀楼》是他的名篇：

白日依山尽，黄河入海流。

欲穷千里目，更上一层楼。

这一首《登鹳雀楼》，自古及今，老少咸知，广为传诵。读这首诗，首先感受到的是祖国山河的壮美。更深刻的是，诗人携带着人生邈远的思考呼啸而来。诗人在登高望远中，表现了自己不凡的胸襟与抱负，也反映了盛唐时期人们昂扬向上的精气神。

全诗充盈着满满的正能量。

唐代诗人中，许多人以诗为敲门砖，日夜奔走于科场官场门口，试图破门而入、登堂入室。王之涣则是个"另类"，他"耻困场屋"，不愿陷入科举考场的桎梏中。不过，他也四处奔走拜谒名公巨卿，只是目的不同，为的是切磋诗文。

因诗歌写得好，一位达官贵人对他青眼有加。盛情难却，又勉为其难，王之涣还是答应做了冀州的衡水主簿。顶头上司、县令李涤对王之涣的才华深为激赏，亲自出面做媒，把自己第三个女儿许配给了他，爱情、事业初有起色。

有些人注定不属于官场，王之涣就是这类人。担任主簿不久，因工作上的一些琐事，被小人诬谤。世上不是什么都讲道理，也不是什么道理都讲得清。无须事事都要保持敏感，弄个水落石出，懒得解释也是一种美德。但他还是咽不下这口气，于是悄然挂冠拂袖而去。后经有关部门做思想工作，王之涣拂却不了情面，勉强答应复出任文安县尉。没想到，他的仕途止于此，生命也止于此。死于任上时，王之涣才五十五岁。

王之涣的生前好友、永宁县尉靳能在《王之涣墓志铭》称他的诗"尝或歌从军，吟出塞，瞰兮极关山明月之思，萧兮得易水寒风之声，传乎乐章，布在人口"。在王之涣仅存的六首绝句中，三首为边塞诗，除《登鹳雀楼》外，《凉州词》是另一首读者耳闻则诵的传世经典，大学者章太炎尤其推崇《凉州词》，称是"绝句之最"。

《凉州词》是《出塞》的另一个诗题。玉门关外，春风难度；杨柳青青，漫漫离愁。渲染的虽是戍卒不得还乡的怨情，却没有丝毫的颓废与消沉。

世界上，能够最终达到自己理想的似乎不多，大诗家王之涣以生命的苦旅，让无数的后人逸兴遄飞。

王翰

坏小子，好小子

诗人王翰家里有"两多"：多名马，多歌女。《唐才子传》说王翰家"枥多名马，家蓄妓乐"。

　　这"两多"都要烧钱，但王翰烧得起，他家朱门绣户、富可敌国。

　　少年王翰，豪爽放纵，"富二代"身上所有的毛病，他一个都不少——赌博喝酒，依红偎翠，流连忘返，不亦乐乎！

　　说话的口气很大，王翰喜欢把自己比作王侯，常常召集一帮浪荡哥们儿，玩飞禽，击大鼓，弄得乌烟瘴气。以至于《新唐书》对此都看不过眼，不愿为尊者讳："（王翰）目使颐令，自视王侯，人莫不恶之。"一时间，闻"翰"色变，令人侧目。许多父母警告自家孩子，离王翰这坏小子远点再远点，否则小心打断你的腿！

　　海明威说过："优于别人并不高贵，真正的高贵应该是优于过去的自己。"玩够了，也玩累了的王翰，有一天突然醒悟过来，决心求取功名，以光宗耀祖。虽然倜傥不羁，王翰也是"别人家的孩子"，有财更有才，天资聪慧，逢考必过。据傅璇琮先生在《唐代诗人丛考》中考证，景云元年（710），他登进士第，不久考中直言极谏科。在接下来的各种考试中，王翰继续保持不败的骄人战绩，再接再厉又攻下一城，考中超拔群类科。

唐代非常注重选拔人才，为搜罗天下英才，设计的制科名目繁多，达八十多种。上面提到的直言极谏和超拔群类科，均为唐制举科名。当年，唐太宗看着天下读书人从考场鱼贯而入，曾得意地说过一句话："天下英雄，尽入吾彀中矣！"

唐太宗一朝，将帅如雨，谋臣如云。李世民此言不虚，"贞观长歌"奏出激越的音符，就是最好的历史证明。

凭着屡战屡胜的不败纪录，王翰风光出仕，被朝廷授为昌乐尉。

父母官、并州长史张嘉贞与王翰偶然一见，遂惊为天人，对他啧啧称奇，引为知己，坐而论诗，往往通宵达旦。有一次，酒宴欢饮之后，乘着酒兴，王翰引吭高歌，一曲唱罢又来一曲，意犹未尽。张嘉贞呢，则不顾官道尊严，在酒精的作用下，走到厅堂中央，且歌且舞，神采飞扬，形舒意广。

好名传千里，王翰的知名度超越并州，传到了都城长安。帝国高官张说听闻后，忍不住好奇，到处向人打听王翰的有关情况，还命人四处找来他的诗歌欣赏。每读完一首，张说总要连声说："好诗，好诗！以前怎么没听说，这小子是从哪块石头里蹦出来的？"

张说先后三次拜相，又是当时文坛领袖。即便如此，初见后，张说就决定要助王翰一臂之力。于是，张说主动认王翰为自己的门生，有了这名分，张说名正言顺，对他不遗余力地予以提拔。先是任命王翰为正字，刊正文章，相当于掌管文秘工作。不久又升任他为驾部员外郎，尚书省兵部四司之一，这也算是关键性领导岗位了。

当时知名文士祖咏、杜华等与王翰多有来往，还一度成了王翰的小跟班。杜华的母亲崔氏对人说："我听过'孟母三迁'的故事，如果要找个风水先生算个卦选择定居的地方，能和王翰做邻居也就心满意足了。"

不是千人千面，而是一人千面。王翰自有光芒。

纨绔子弟王翰，凭什么能够圈粉无数、老少通吃？《唐才子传》有个解释——"翰工诗，多壮丽之词"。张说、张嘉贞不顾地位悬殊，倾心与王翰相交，多因于此。

任何地方只要有人爱你，它就是你的世界。一句话，还得靠实力说话。

有时候，认清自己，就已经是前进一大步了。虽然成长阶段曾经放浪形骸，但王翰浪子回头，自此韦编三绝，尤勤于笔耕。《新唐书·艺文志》载有王翰集十卷。只可惜，《全唐诗》只存诗一卷，仅有十四首。不过，好作品不在乎多，王翰就凭以下这一首，足以诗名不灭。

| 原来唐朝诗人这样写诗

凉州词

葡萄美酒夜光杯，欲饮琵琶马上催。

醉卧沙场君莫笑，古来征战几人回。

军号已吹响，将士们即将奔赴战场。出征前，设宴畅饮一番，一醉方休。酒能壮胆，刀枪无情，战场的一番厮杀后，能否活下来，战友们能否再在一起喝上庆功酒，只有天知道。既然生死未卜，就不如畅怀痛饮，一次喝个够吧。将士们的英勇气概以及出征前的悲壮情景跃然纸上。全诗的格调，哀而不伤，伤而不悲。

千百年后，再读这一首诗，心会不由自主地悬着，为将士们壮行，更祈祷将士们凯旋奏捷。

"醉卧沙场君莫笑，古来征战几人回。"读到这两句诗时，相信一下子能将万千读者击倒。如果我喝醉了，醉卧在战场上，你们不要笑话我，我早已将生死置之度外。从古至今，上了战场的，又有多少人能活着回来？不想这么多了，此时此刻，我只想大醉一场。

上阵杀敌，不必远送。

《唐诗别裁集》这样评价王翰的《凉州词》："故作豪饮之词，然悲感已极。"其实，这首诗含义非常复杂，令人喜，更令人悲；似感伤又似旷达，似谐谑又似悲伤。正因为这些斑斓多重的元素，才使《凉州词》成为卷帙浩繁唐诗中的经典。

如何评说王翰？可谓知弟子莫如老师，张说对其知之甚深，他是这样说的："如琼杯玉斝，虽烂然可珍，而多玷缺。"意思是说，王翰就像美玉制成的酒杯，虽光彩夺目值得珍惜，却也有不少斑点和残缺。

意外和明天，永远不知道哪个先到，意外又多藏于"玷缺"。张说因坚决不肯党附太平公主，后被罢免相位。殃及池鱼，作为张说的得意门生，自然是一荣俱荣、一损俱损，王翰被外放为仙州别驾。

仕途受挫，王翰心如死灰，在外放地仙州，故态复萌，整日不是打猎就是酗酒，"日聚英豪，从禽击鼓，恣为欢赏"，一时舆情汹汹。如此放肆，自有人看不下去，上书对他进行弹劾。这样还了得，朝廷大怒，又将王翰发配到更为遥远的地方——被时人视为瘴疠之地的岭南。或许是舟车劳顿，又或许是水土不服，王翰还没能走到贬谪地，便一病不起，在半路上去世了。

王翰，遗憾吗？想起列夫·托尔斯泰说过的一段话："每个人都会有缺陷，就像被上帝咬过的苹果，有的人缺陷比较大，正是因为上帝特别喜欢他的芬芳。"

其实，人有点小坏，有点小不足，或许更符合人性。缺陷之美，让王翰活得更真实。

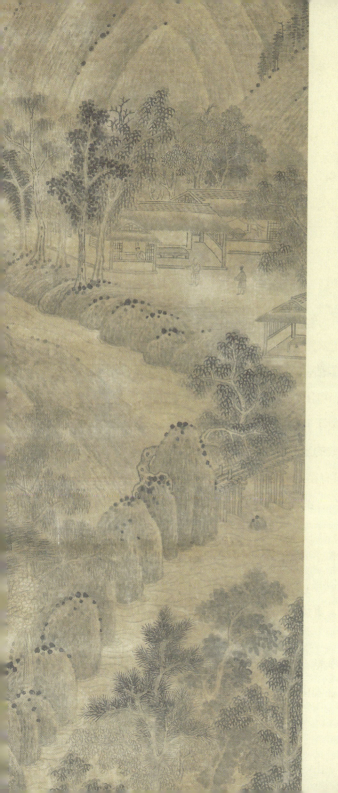

孟浩然

风流天下闻

晋朝人羊祜，博学能文，清廉正直。他做过襄阳太守，为官十年间，屯田兴学，以德怀柔，深得军民之心。

　　岘山，位于襄阳城郊。这里群峰叠嶂，壮观奇绝。羊祜喜欢带上自酿的米酒，邀三五知己，登临岘山，游山戏水，饮酒吟诗。只有在这个时候，羊祜才能暂时摆脱"丝竹之乱耳，案牍之劳形"，给自己放个假，给心灵洗次澡。

　　有一天，羊祜又来了，率众登上岘山后，觅得一清幽处，酒酣耳热之际，他感慨地对身边人说："自古以来，就有此山。自古以来，曾来这游玩的名人贤士数不胜数，他们大都湮没无闻，真让人悲伤。百年之后，我的魂魄也会留恋这座山啊！"

　　不久，羊祜在襄阳去世。当地的百姓追忆他说过的这一番话，集资在岘山上给他立了块纪念碑。一块碑，就是一道风景；一块碑，就是百姓心中一杆秤。许多人前来怀念羊祜，绕碑走上一圈，读过碑文之后，念起羊祜的恩德，唏嘘不已，忍不住落泪。久而久之，人们把这块纪念羊祜的碑称为"堕泪碑"。

令羊祜没想到的是，四百多年后，有位诗人沿着他曾经的足迹，翻山越岭也登上了岘山。他久久伫立于"堕泪碑"前，深情赋诗一首。因为诗人的这首诗，让一座山，让一个人，从历史的深处走来。

与诸子登岘山

人事有代谢，往来成古今。
江山留胜迹，我辈复登临。
水落鱼梁浅，天寒梦泽深。
羊公碑字在，读罢泪沾襟。

这位诗人是谁？就是本诗的主角、与王维齐名的孟浩然。

俗话说得好，同人不同命，孟浩然与王维才华相当却命运迥异。

安史之乱中，来不及逃出长安的王维顶不住压力，被迫做了安禄山的伪官，一失足本应成为千古恨，但他后援强大，不但没被治罪，反而继续在朝为官。

孟浩然比王维年长十岁，科考惜败后，没能获得进入官场的入场券，无缘一官半职，终其一生不过是个襄阳布衣。

回到《与诸子登岘山》一诗。这是首吊古诗，意在怀古伤今。诗人凭吊岘山的羊公碑，进而由羊祜联想到自己的人生际遇。诗人打破常规，一反感叹或议论多在篇末的格式，起句即发议论，"人事有代谢，往来成古今"，生老病死、悲欢离合、寒来暑往，小至一家兴衰，大到朝代更迭，交替变化，潮起潮落，古来如此，概莫能外。起句的确不凡，抓人眼球，更挠人心。

格局一起，后继三联也便一气呵成了。

读孟浩然这首诗，油然想起陈子昂的《登幽州台歌》。在我看来，两者的格调差堪比拟。

想多了解一下孟浩然的生平，《旧唐书》却惜墨如金，对他的记录区区如下："孟浩然，隐鹿门山，以诗自适。年四十，来游京师，应进士，不第，还襄阳。张九龄镇荆州，署为从事，与之唱和。不达而卒。"

孟浩然，襄州襄阳人。年轻时崇尚节义，常救人于患难之时，隐居鹿门山，苦吟不已，颇有诗名。四十岁时，才到京城与众名士交流，曾与众诗人在秘书省聚会联句，其间盛况，王士源在《孟浩然集序》有载："闲游秘省，秋月新霁，诸英华赋诗作会。浩然句曰：'微云淡河汉，疏雨滴梧桐。'举座嗟其清绝，咸阁笔不复为继。"诗歌大会热闹而又紧张，孟浩然口吐芬芳，举座皆惊，继而拍掌叫绝。

谁续下一句？全场鸦雀无声，无人敢对。

因缘际会，大师级的张九龄、王维也出席了这场诗会。

孟浩然是谁？散场后，他们记住了这个闪亮的名字，并与孟浩然一生交好。

有一次，王维利用在宫中待诏之便，私下邀请孟浩然到办公室聊天。"商较风雅"，也即探讨写诗之道，两人正谈得热烈，唐玄宗突然驾到，孟浩然仓促惊惧，赶紧趴下藏到桌底。王维是高级公务员，不敢隐瞒，只好如实报告。唐玄宗不怒反喜，说："我早就听说这个人了，却无缘见他一面。"

出来吧！

孟浩然一骨碌爬了起来并跪拜两次。唐玄宗问："带诗卷了吗？"答曰："这次碰巧没带上。"哦，这样啊，那就吟诵一首你的新作吧！孟浩然奉旨吟诗。当听到"不才明主弃，多病故人疏"句时，唐玄宗面露不悦："你自己不求官，朕又没抛弃过你，怎么怨我呢？！"于是下了一道旨，从哪儿来回哪儿去吧！

君无戏言，孟浩然只好回到终南山再做隐士。

《唐诗纪事》对此有记载，唐玄宗反问孟浩然："卿不求仕，而朕未尝弃卿，奈何诬我？"虽与笔者所述小有区别，但结果一样，孟浩然终没被授予一官半职。

一辈子，能有几次机会亲睹龙颜？可惜，这千载难逢的机会没能成就孟浩然鲤跃龙门、一飞冲天。

无端的生活总是让人伤痕累累。

孟浩然一生不得志，后世有人称赞他是一位"敝屣功名富贵"的隐士。其实，他也做过种种努力，渴望得到达官贵人的赏识，进而实现自己的人生价值。

　　唉，可惜了，差点到手的机会没能抓住，孟浩然又不屑于投机钻营，只好寄情山水，饮酒赋诗。但在心灵深处，他仍深埋着一颗向上的种子，只要稍有雨露，就能破土而出。这从他的部分诗作中可见端倪。如《陪卢明府泛舟回岘山作》末句云："犹怜不才子，白首未登科。"《与白明府游江》则有"谁识躬耕者，年年梁甫吟。"《姚开府山池》的末句是："今日龙门下，谁知文举才。"即便在描写农民生活日常的《田园作》中，结尾句还是"乡曲无知己，朝端乏亲故。谁能为扬雄，一荐甘泉赋。"

　　显而易见，孟浩然有一颗打不死的心，还是非常渴望能获得一官半职。他想方设法创造机会参加那些高级游玩宴饮，在推杯换盏、酒过三巡后，必是赋诗相赠。他的这些诗作，或含蓄，或直白，无非以求进身之机。736 年，宰相张九龄因上书反对李林甫为相，惹得唐玄宗不高兴，贬其为荆州都督府长史，孟浩然始终陪侍在侧，且多有唱和，以下即是其中一首：《望洞庭湖赠张丞相》。

八月湖水平，涵虚混太清。

气蒸云梦泽，波撼岳阳城。

欲济无舟楫，端居耻圣明。

坐观垂钓者，徒有羡鱼情。

"济"是此诗核心的字，本意是越水渡江，引申为事业有成的意思。诗人的意思是：我想在政治上有所进步，可是没人能帮我，希望得到张九龄的荐举、提拔。后两句意思是，张九龄提拔过许多人，这些幸运的人，就如已经上钩的鱼。孟浩然非常羡慕这些"鱼"，也希望成为张九龄鱼钩上的"鱼"。念兹在兹，不负功夫。孟浩然此番终有所得，"后张九龄署为从事"，做了张九龄的僚属，总算跻身于权力场的边缘。

　　读孟浩然这些求荐唱和之作，心中颇为沉重，一代又一代的读书人，兀兀穷年，不放弃，不抛弃，呕心沥血"学成文武艺"，矢志不渝"货与帝王家"，试图实现"修齐治平"的人生理想，然而幸运者又有几个？！

　　这些带有功利的诗，无论如何精心打磨炮制，总是让诗者碎了一地的节操，让读者掉一地鸡皮疙瘩。但想想当时社会逼仄的赛道，无人不争个头破血流，试想又有几个读书人能够免俗呢？

　　其实，本质上的孟浩然是个脱离低级趣味的人，他写了许多非常纯粹的作品，让我看到了他一颗晶莹剔透的诗心。如这一首，入选过中学课本。

过故人庄

故人具鸡黍，邀我至田家。

绿树村边合，青山郭外斜。

开轩面场圃，把酒话桑麻。

待到重阳日，还来就菊花。

孟浩然的这首诗，是田园诗题材中的绝代风华。诗人笔下的村庄，这里看得见绿树、看得见桑麻、看得见青山妩媚，这里有美食、有美酒、有故人的盛情，这一切抚慰了诗人人生中的千疮百孔。写到这里，忆起小时候赣南乡间的生活，此中景、此中情，是对记忆的唤醒。生活在繁华尘世中，诗句间弥漫着的烟火，已载不动我的许多乡愁。

741年，老朋友王昌龄专程前来襄阳探视，当时孟浩然大病初愈，但故人的到来令诗人十分高兴，他极尽地主之谊，设宴款待。谁料到呢，乐极生悲，因吃了过多的生鱼，孟浩然再次发病，没几天，便告不治。

"诗仙"李白对孟浩然激赏有加，曾有如此赠诗："吾爱孟夫子，风流天下闻。"没想到，一代五言圣手、与王维并称"王孟"的孟浩然，人生结局竟是这样的不堪，让人扼腕长叹。辛文房对孟浩然的人生际遇也十分同情，在《唐才子传中》说他："才名日高，竟沦明代，终身白衣，良可悲夫！"

不赌天意，不猜人心。有些事，不管如何努力，用尽一生的力气，也永远无法抵达理想的彼岸。

也许谁都没错，只是时机不合适。

王昌龄

诗家夫子

婚姻讲究门当户对，交友又何尝不是呢？无友不如己者，王昌龄的朋友圈里都是些牛人，置顶的当是李白，紧随其后的有高适、王维、王之涣、岑参、孟浩然、辛渐，等等。您瞪大眼睛瞧瞧，哪一位不是诗名如雷贯耳？

　　他和他们之间，有酒，更有诗，也有故事。

　　唐代竞相斗妍的诗坛上，王昌龄绝对属于第一方阵。世代耕读传家的他，靠的无非是才华。创作上，与其他诗人比，王昌龄身怀独门绝技。《唐才子传》说："昌龄工诗，缜密而思清。"他的七绝与李白并称，被誉为"七绝圣手"。因曾任江宁县令，时人昵称他为"诗家夫子王江宁"。

　　王昌龄的诗以描写边塞、闺情、宫怨和送别为多，尤以登第之前，赴西北写的边塞诗最为脍炙人口，千古经典、千古传诵。

　　一句"诗家夫子王江宁"，实乃大有深意焉。儒家经典《论语》中，孔子的门徒张口闭口，言必称孔子为"夫子"，"夫子"遂成对师者的尊称。由此引申而来，王昌龄则是众诗家的老师了。他们称王昌龄为"夫子"，言为心声，发自肺腑，一是服膺他的诗才，一是同情他的命运蹭蹬。

开元十五年（727），王昌龄与状元李嶷同榜进士及第，授职汜水县尉，后又中博学宏辞科，升迁校书郎。正在仕途上心想事成的他，为什么又会跑到漠漠大西北去呢？

这得从唐玄宗的一次军事改革——改"府兵制"为"募兵制"说起。这一招，激发了一股文人从军热。潮流中的王昌龄，因此有了这一段激情燃烧的岁月。

无心插柳，他也迎来了诗歌创作的蓬勃春天。

王昌龄随大军来到西北边陲。所见所闻，这一切都是崭新的，大漠风光，孤烟日落以及对军旅生活的深刻体验，让他的诗歌佳作迭出，特别是大量优秀的边塞诗作。甚至有人考证，王昌龄还是边塞诗的创作先驱。

他的边塞诗意境开阔，语言圆润，音调婉转，耐人寻味，奏响了盛唐时代的主旋律，也深沉地表达了诗人的家国情怀。他尤善捕捉典型的情景，借边塞风光以及边关战场的细致描写，丰富地表现了将士们细腻的内心世界。《出塞》系列中，第一首堪称经典。

秦时明月汉时关，万里长征人未还。
但使龙城飞将在，不教胡马度阴山。

依旧是秦汉时的明月，依旧是秦汉时的边关，可也依旧是边战不断、征战连连。二十八个字之下，读者穿越时空所看到的，不是一时一地的出塞将士远去不回，而是千百年来，成千上万的热血男儿悲壮而惨烈的出征场面。作者好像在问，战事什么时候结束？将士什么时候回到亲人身边？千军易得，一将难求，"飞将军"李广又在哪里？这些追问代言了无数士卒和天下百姓对于良将的渴求，表达的是不同时空百姓对和平的共同憧憬。

　　王昌龄是唐诗写作导师级的人物。即便是同样的边塞诗，他也能做到"旧瓶新酒""老树新枝"，写出自己全新而细腻的体验。如他的《塞下曲》——

　　　　　蝉鸣空桑林，八月萧关道。
　　　　　出塞复入塞，处处黄芦草。
　　　　　从来幽并客，皆共尘沙老。
　　　　　莫学游侠儿，矜夸紫骝好。

　　这首诗借用了乐府形式，由征戍边塞不回，进而告诫少年千万不要炫耀武力，从而抒发反战之情。寒蝉、桑林、萧关、边塞、秋草都是中国古代诗歌意象里悲情的文化符号。开篇的浓烈肃杀，正是服务全诗需要表达的反战主旨。这首诗，足见王昌龄的超拔之才。他写边塞秋景，有慷慨悲凉的建安遗风；写戍边征人，有汉乐府的直抒胸臆；规劝市井少年，又让人看到了唐代年轻人的浮夸孟浪。另一首同题的《塞下曲》中，有一句"白骨乱蓬蒿"，表现的是战争不断，白骨累累，读来触目惊心。

王昌龄呈现的精彩不囿于空旷的边塞诗，他的闺怨诗也是"一级棒"。这类诗，看似无怨，实则怨至深；看似无恨，实则恨最长。我们来读读他的经典篇《闺怨》。

闺中少妇不曾愁，春日凝妆上翠楼。
忽见陌头杨柳色，悔教夫婿觅封侯。

少妇登楼赏春，本是件赏心悦目之事，可是当她看到陌头杨柳时，心情陡转，哀从心起，肠子都悔青了，当初就不该叫丈夫去孜孜以求一官半职啊。自古以来，男人热衷于"功名只向马上取""男儿何不带吴钩，收取关山五十州"，却不知道在这背后，是多少闺中怨妇的韶华付出与奉献牺牲。

世上有许多事，尽管看得清楚，却无法或不能说出口，但王昌龄帮我们掀开了人生的千疮百孔。这首诗，由喜到悲的瞬间反转，震撼了人心，也读到了哀伤与沉痛。

不同于边塞、闺怨的"小众"，送别诗在诗人圈的书写则"普罗"了许多。于送别诗，王昌龄自然不遑多让。

虽没"四大名楼"的知名度，"芙蓉楼"却因王昌龄的一首诗而写进人心。楼幸运，人也幸运。741 年，王昌龄任江宁丞。此时正身处贬谪之中，他心情苦闷之极，老朋友辛渐专程探访。他乡遇故知，这对王昌龄不啻是久旱逢甘霖。他高兴得像个孩子，雀跃万分，除了把酒言欢，就是热情地拥抱诗歌。

终有一别，无憾当是最好的离别。因为有王昌龄以诗相赠，辛渐不虚此行，在诗歌史上挣了个满载而归。

芙蓉楼送辛渐

寒雨连江夜入吴，平明送客楚山孤。

洛阳亲友如相问，一片冰心在玉壶。

朋友间刚刚相见，转眼又要远行。万般不舍，一夜未能入眠，王昌龄由此才能感受到"寒雨连江夜入吴"。这一句读到了王昌龄对朋友的耿耿真情，也读到了王昌龄与辛渐间的契合金兰。《唐语林》中说他俩是"交友至深"。孤独的楚山，被作者赋予主观情感，既是写景，也是作者的心灵外化。后两句则是千古名句，其中的"一片冰心在玉壶"，一是对亲友问候的回答；二是表明自己虽然遭贬，但仍会坚守志气不改，一以贯之。

诗人对朋友别离的真挚感情隐于字里行间，细细读来，感人至深。真情如镜，返照如一。诗人之于辛渐如此，李白笔下深情之于王昌龄何尝不是如此？

"王稍声峻，奇句俊格，惊耳骇目。"《唐才子传》认为王昌龄的诗格调不凡，读来惊骇，但对他"晚途不矜小节，谤议腾沸"亦颇有微词。也正因为这点性格，以至王昌龄"两窜遐荒"，因不拘小节，被贬两次。王昌龄曾被贬为龙标县尉，大诗人李白听说后，写了一首诗从远道寄来给他：

闻王昌龄左迁龙标遥有此寄

杨花落尽子规啼，闻道龙标过五溪。
我寄愁心与明月，随风直到夜郎西。

诗首句"杨花落尽子规啼"读来沉郁，似乎隐约预测到了王昌龄不久的未来。全诗中最让人动情的，当是"我寄愁心与明月"句。李白心中的愁思无可诉说，无人理解，唯有托付于明月。山长水远，也只有依靠明月才能将一份愁心遥寄，希望远方的王昌龄，也能借一轮明月感受到自己的同情与关切。

桀骜不驯、大大咧咧示人的李白，也有感性甚至柔软的一面。

"安史之乱"爆发后，王昌龄趁时事乱局从贬所龙标（今湖南黔阳）回到故乡山西太原。落叶归根本是人生幸事，谁曾想到王昌龄的人生却没来由地煞然作结——"为刺史闾丘晓所忌而杀"。王闾之间，有什么怨又有什么仇？闾丘晓何以对王昌龄痛下杀手？史书上没过多的记载，语焉不详，只有三个字：妒其才。

荒唐啊！那年，王昌龄还不满六十岁。

苍天何曾饶过谁？757年，时任濠州刺史的闾丘晓，接到河南节度使张镐的一纸军令：率兵火速赶到睢阳以解张巡之围。

史书上说，闾丘晓因行军误期，被张镐杖杀。临刑前，闾丘晓以父母年事已高为由请求宽恕。张镐反问他道："王昌龄的父母由谁来供养呢？"听罢，闾丘晓羞愧沮丧，垂头不语，只得乖乖受刑。

诗者无言，岁月有声。

李白
长安那片月

夏夜，皓月当空，老家赣南客家围屋的屋檐下，小小少年偎依着爷爷，津津有味地听他讲《三国演义》与《水浒传》的那些事。

　　讲累了，爷爷会轻抿一口茶，润润喉，以此作为继续"讲古"的过场。兴致来了，爷爷还会给我读一首唐诗。讲解完了，他会进入短暂的沉默，远眺被夜色包裹住的山头，轻轻颔首，又若有所思。这些儿时残存的记忆，温暖如阳，仿若在昨。只是回不去了，想起来，爷爷离开我们已经快二十年了。

　　爷爷无意中的有意，给予了我这个懵懂少年对唐诗最初的理解。我一直坚信，爷爷带给我的启蒙始于李白，始于李白的一首诗。

十步杀一人，千里不留行。

　　事了拂衣去，深藏身与名。

　　这只是李白诗《侠客行》中的四句。爷爷说，这是他最
喜欢的一首诗。他没有解释缘由，想来是觉得我还年少无知。
其实，爷爷本身就是一名习武之人，曾凭一把扫帚将三个盗
牛贼打得落荒而逃。爷爷也拥有一颗"侠客心"，对千年前
的李白，他懂得，更景仰。我想这就是他对《侠客行》多一
份喜爱的理由吧。

　　亦仙，亦侠，亦温文。李白给后人留下更多的印象是：
才华高出天际，"斗酒百篇"，嗜酒成性，且傲世不羁。诗
中直呼"我辈岂是蓬蒿人""天子呼来不上船"。这样的诗
句多了去了，牛人一枚！

　　他诗中的"侠客"爽朗豁达、豪迈潇洒，像谁呢？翻遍
记忆，我觉得像金庸先生笔下的"大侠"令狐冲！

　　"侠客梦"是李白生命的底色，写诗是他生命的体念，
也是他人生的岁月投影与现实镜像。

　　一个人，一壶酒，三尺剑，一袭白衣，游历四方，交友无数。
李白的"侠客梦"孕育于年少。辛文房在《唐才子传》中说
他："喜纵横，击剑为任侠，轻财好施。"李白在《侠客行》
中勾勒出"侠客"的形象，也勾勒出自己未来理想的模样。

　　侠之大者，为国为民。

　　李白的诗，有空可以拿来多读读，能滋养自己。李白一

生写了一千多首诗,《全唐诗》就收录了九百多首,这比例令人咋舌,绝对是唐代诗人这一庞大群体中的"天花板"。他的诗作涉及各种题材和意象,他创作的多面性,也彰显了"诗仙"性格的多面性。他创造了无数的经典,有些虽然风格迥异,但大都是广大读者的最爱。作为唐诗的"铁粉",我更喜欢他写的有关"月"的诗歌,从中读到了他一剑封喉、快意恩仇之下的侠骨柔情。酣畅淋漓,心醉神往。

天上只有一个月亮,李白笔下的"月亮"却蔚为大观。且看这一首张口即来、广为传诵的《静夜思》。

床前明月光,疑是地上霜。
举头望明月,低头思故乡。

曾有幸在北大听过一场讲座,主讲的国学大师程郁缀先生说,望月思乡是天下游子最自然的情感流露,也是历代文人骚客艺术表达的永恒主题。在有关这一主题的诗词歌赋中,最广为人知、家喻户晓的,当属"诗仙"李白的《静夜思》。程先生说,作为中国人,如果连这首诗都不能熟背,活该打屁股。

人生中,最短的路是回家的路,最熟悉的声音是浓重的乡音。乡情乡愁是我们最朴素最真挚的情感,于生命个体,能系住人心;于茫茫人海,能寻得归途。理解了这一点,就会明白这首朗朗上口、言简意丰的《静夜思》,何以千古不衰,何以引发一代代读者对它前赴后继的爱不释手。

这首诗是写给思乡者的一封"集体家书"，也是给羁旅者送上的一碗足以抚慰心灵热气腾腾的鸡汤。

那一夜，李白想必是在月夜下久久地徘徊低吟，直至在载不动的、无法消解的乡愁中沉沉睡去。

李白对"月亮"情有独钟，在其创作生涯中，"月"这一拟物屡屡出现，俯拾皆是。"月亮"成为诗人感知世界、描摹场景、抒发情感的最好媒介。我们不妨稍作梳理，再次一同感受诗人笔下气象万千的那片月、那轮月。

"小时不识月，呼作白玉盘。"不是吗？仰望星空，在还处于无知孩提的年纪，有关月亮的比喻，还有什么比"白玉盘"更直接、更贴切的想象呢？"月随碧山转，水合青天流。"天上月与水中月交相辉映，这番情景，是否给我们迷蒙中的幽凉？"长留一片月，挂在东溪松。"月挂枝头，月色溶溶，这图景想想都很美啊，只恨不能将它长久留住，不愿东方之既白。

李白在《把酒问月》中有"今人不见古时月，今月曾经照古人"句。这与初唐诗人张若虚《春江花月夜》中的"江畔何人初见月？江月何年初照人？"相似度惊人，可谓异曲同工、殊途同归。这是盛唐对初唐的致敬，也是伟大的诗魂在月光下的共鸣。诗句中表现出的巨大时空感，让人深感个体的微不足道和时光的白驹过隙，发出了中国人对人生价值哲学的集体追问。

李白人称"诗仙"，并传说是"斗酒百篇"，他创作的浪漫激情，常常在浮一大白后，可以随时随地澎湃而来，酒酣耳热下的把盏吟诗更是别有意蕴，可以品到浓烈的酒气。"秋风渡江来，吹落山上月。主人出美酒，灭烛延清光。"在《送崔氏昆季之金陵》中，诗人安慰道，离别在即，却不必囿于伤感。虽从此各奔东西，但同在一轮明月下，月色更期许。我们读到语句豪放清新，委婉亲切，也感受到诗人的胸襟开朗。想象着千余年前发生的这一幕，让人心醉，心驰神往。如果能穿越回到现场，我愿恭恭敬敬地给诗人斟上一杯，羡慕地看着他和朋友碰杯后的一饮而尽。

　　好友王昌龄因"不护细行"，即不注意一些生活小节，导致谤议沸腾，最终从江宁丞位上被贬往小地方龙标，做了一名小小的县尉。李白知道后，对他的际遇一感可惜，二为不舍，恋恋之下挥笔写下诗作《闻王昌龄左迁龙标遥有此寄》。老友赴任遥远偏僻，我不能为你送行，更无法与你同行，就让我做一轮明暖的月亮吧，照你前行，也愿像风一样，陪你直到夜郎西。

　　狂傲不羁的李白，原来还是一个妥妥的"暖男"啊。

　　这首诗跨越千山万水，终于送到了王昌龄手中。那一晚，展诗反复吟读后，王昌龄想必会久久仰望着星空，欣慰于自己头顶上的那轮明月最明亮、最深情。

　　诗人自感"天生我材"，又胸怀"安社稷，济苍生"，到长安后却"道未振"，每天踟蹰徘徊于长安的大街小巷。

后因缘际会，幸遇太子宾客、秘书监贺知章。辛文房对这一过程的描写简洁而又生动："以所业投贺知章，读至《蜀道难》，叹曰'子，谪仙人也'。"然后，这两位史上著名的"酒鬼"便相见恨晚般地迅速成了酒友，当即挽手揽腰上酒楼。英雄惜英雄，一杯接一杯，一瓶又一瓶，两人不一会儿就喝得酩酊大醉。酒醒后，贺知章发现竟然无钱买单，如何是好？贺知章"乃解金龟换酒"，把武则天赐给他的金饰龟形袋典作酒钱，他俩从此"终日相乐"，是长安街头一对令人称羡的"忘年交"。

贺知章甘为伯乐，将李白"遂荐于玄宗，召见金銮殿"，皇上"赐食，亲为调羹，诏供奉翰林"，李白一时名动长安。然而好景不长，有次喝高了，李白在皇上面前醉如烂泥，酒后忘形，《新唐书》上说，"草诏，使高力士脱靴"。高力士深以为耻，衔恨在心。李浚所编的《松窗杂录》对此有详细的记载，说李白奉旨写诗《清平调》，诗中有"一枝红艳露凝香，云雨巫山枉断肠。借问汉宫谁得似，可怜飞燕倚新妆"句。读到后，高力士如获至宝，找了个机会对杨贵妃说："以飞燕指妃子，是贱之甚矣。"谗言李白以诗影射杨贵妃。杨贵妃不悦，唐玄宗"欲命白官，卒为宫中所捍而止"。唐玄宗终是耳根太软，抵御不住杨玉环吹来的"枕头风"。于是，李白的翰林位置还没坐热，就这样被炒了鱿鱼。

女人心，海底针。何况君宠是靠不住的。

得罪高力士、杨贵妃，还不是李白人生最凶险处。"诏放归"后，他也并未一如所请"恳求还山"，而是浮游四方，忘情山水。他曾与时称"饮中八仙"之一的崔宗之，坐船从采石矶到金陵，一路上"著宫锦袍，旁若无人"。

"我本楚狂人。"李白自此"益傲放"，胆子忒肥，将"天子呼来不上船""仰天大笑出门去"进行到底！

"长安大道横九天，峨眉山月照秦川。"他的这一首诗，是送别友人，是送别长安，也是送别自己的经世梦。李白当初怀着对这座城市的遥想，抱着冲天之志，从家乡出发，到了长安，他或许也有过这般遐想：长安的月亮就是比家乡的圆、比家乡的亮。

痛苦和希望其实是一回事。李白有补天济世之才，却未立寸箭之功，一生襟抱，虚负凌云。他的特立独行、旁若无人，有时是一种伪装，只是这种伪装让人心痛。《月下独酌》中"举杯邀明月，对影成三人"句不就写尽了他的浩茫心事吗？

孤独是生命的常态，是人类永恒的命题。没想到，狂放不羁的李白，也有饱尝孤独的时刻。皎洁月光下，他在花下独酌，茕茕孑立，形影相吊。我有美酒，你在哪儿？看着他的，陪伴他的，不过是天上的那轮明月，以及月光下自己的身影！

"古来圣贤皆寂寞，惟有饮者留其名。"《将进酒》中这两句，是解嘲？抑或不甘？反正，"月下独酌"呈现出的深刻冷寂，让后来无数读者一直共情着诗人孤寂的世界，以及他狂放的人生。

李白终将为自己的狂傲买单，他人生的至暗时刻来了！

安禄山反了，躺在温柔乡的唐玄宗猝不及防，只好带着贵妃娘娘仓皇出逃蜀地。出乎意料的是，杨贵妃没能再次安全抵达目的地，而是"马嵬坡下泥土中，不见玉颜空死处"。

此时的李白在哪？正"卧庐山"，隐居于庐山呢。因为名气大，李白被当时节度东南的永王李璘"辟为幕佐"，做了李璘的一名高级参谋。

谁料，安史之乱"乱"未尽，自以为机会千载难逢的永王急不可耐地造反了，誓与老爹唐玄宗、兄长李亨争天下。"唐鹿"未失，却欲共逐之，这还了得?！误上贼船的李白还算人间清醒，赶紧撒腿逃啊，他潜回庐山脚下的彭泽，躲了起来。永王果然不久兵败。殃及池鱼，他乡的山水没能庇护他。起先，为报永王的知遇之恩，李白写下了十一首《永王东巡歌》，罪证斑斑，也因此受到牵连，身陷囹圄。

白骨露野，蔓草荒烟。

李白命若倒悬。幸有"手提两京还天子"的郭子仪出手相救，他恳请朝廷，放李白一马，愿以削夺自己的官爵来赎免诗人的死罪。朝廷勉强答应了。李白死罪可免，但活罪难逃，改判流放夜郎。

"两岸猿声啼不住，轻舟已过万重山。"刚走到巫山，恰遇朝廷大赦天下，李白幸在名单中。这两句诗，写的就是诗人遇赦后的轻松与喜悦。

船行如箭。那个晚上，三峡的上空有月光吗？

读到《唐才子传》中的这一段时，温暖之余，脑海里涌

原来唐朝诗人这样写诗

出了一个大大的问号：郭子仪如此这般是为什么？原来李白当年漫游并州时，无意间遇到功业未成的郭子仪。甫见之下，彼此惊为天人。郭子仪因犯军法，其罪当死，李白对此忧心如焚，调动自己一切的关系和资源进行解救，郭子仪才得以逃过一劫。

侠客侠心，日月可鉴。郭子仪见死必救，为报李白救命之恩，因此不惜以自己的不世功勋为代价。李白和郭子仪互相赏识，又互相回报，在鬼头大刀即将落下时解救了对方。这种慷慨仗义，留下一段让人击节赞赏的历史佳话。人心惟危，道心惟微。但人生路上，我们不管曾被辜负多少回，受过多少伤，我们对人性依然要心存美好。

友情若此，人间值得。

智者乐水，仁者乐山。李白是智者、仁者，两者兼"乐"。采石矶有山有水，水秀山明，是诗人心目中的世外桃源。史书记载，诗人一生多次来过采石矶，且流连忘返。徜徉山水间，他在这一带还写下五十多首诗作，如我们耳熟能详的《望天门山》。

> 天门中断楚江开，碧水东流至此回。
> 两岸青山相对出，孤帆一片日边来。

爱了，爱了！就凭这首诗，此生一定要去趟天门山。

采石矶，是李白创作的爆发地，也是他人生的最后归宿。

据说那一个晚上，诗人又愁绪上头，何以解忧？唯有借酒消愁。此时天上月朗星稀，江面影影绰绰。两杯酒入愁肠后，诗人借着酒意，跟跟跄跄走向船头。诗人童心未泯，双手伸向江水，欲掬一把月，不料一个趔趄，失足坠入滚滚江水中。

"诗仙"李白以这种方式告别了世界，令人扼腕。但转念一想，人固有一死，诚如马革裹尸是战士的宿命，这样诗意的归宿，才配得上这位伟大的诗人！

那晚幸好有月光，李白是朝着有光的方向飞去。

月亮之上，在这天地间没有帷幕的舞台上，生命如戏剧般进行，阴晴圆缺，悲欢离合，绵绵不绝，起落不止。

没有人可以争过岁月，也没有人可以跑过时间。遗憾的是，盛唐的光辉没能温暖每一位诗人，李白却拂照了一代又一代的诗心。他一直都在，正如长安夜空上闪烁的那轮永恒的明月，照耀着这座伟大的城市，照耀着那个伟大的时代，以及长安道上来来往往的每一位行者。

顾随先生说，大凡文人，都有一点寂寞心。李白则是"自有明月照山河"。他的《子夜吴歌》，写的是戍妇思念远征良人，抒发的是反战情绪，诗中两句"长安一片月，万户捣衣声"似乎与战争无关，读来却令人怦然心动。那个夜晚，苍穹之下，皎洁的月光充盈了整个城市，暖烘着孤寂的诗情，也让后人深深地体味到了弥漫于长安街头巷尾的那片烟火气。

总有天上一片月，暖我十万八千梦。

王维

心事与谁说

一种文体，与一个朝代的国运紧紧齿合，并且前无古人后无来者，创造了文艺形式最高峰的，唐诗是唯一。诗歌的唐朝，庙堂与江湖，显贵或落魄，以诗言志，全民沉溺于诗歌的狂欢之中。唐代国运的繁盛时期，涌现出无数优秀诗人，留下大量传诵千古的名篇。李白、杜甫、王维、孟浩然、高适、岑参……群星璀璨，蔚然大观。在较早前的开元年间，灿若星河的诗群中，施蛰存先生认为，最著名的诗人当属王维。

我信然！

废话了一大段，我们恭请主人公王维出场。

天宝末，安禄山攻占长安洛阳东西两京，唐玄宗撒脚丫子西撒。时任给事中的王维，动作慢了一步，未能及时跟上大部队撤离，被叛军逮了个正着。面对威逼利诱，王维不愿折节，试图瞒天过海，吃药装成哑病。这把戏没能骗过安禄山，被拆穿了。安禄山恼羞成怒，打算一杀了之。经人提醒，也因爱其才，强行安排王维到洛阳出任伪朝廷的给事中。怕他逃了，重兵把守，将他软禁在普施寺。

跑不了，装不成，躲不开！如何是好？王维进退维谷，进退失据。

安禄山软硬兼施。见硬来无效，改用温水煮青蛙式的软刀子，或宴请，或舞乐，想以此让王维乖乖缴械。有一次，安禄山又在凝碧池大摆酒宴，还把梨园乐工全部召来演奏助兴，可谓诚意满满。见此情景，王维推己及人，不禁悲从心起，当即赋诗一首：

万户伤心生野烟，百僚何日更朝天。

秋槐叶落空宫里，凝碧池头奏管弦。

在场的人，真为王维捏了把汗，简直是首"反诗"了！"百僚何日再朝天"？什么态度？还念着旧主吗？

安禄山终究不舍得杀他。还有更幸运的事，因为这一首诗，王维后来又得以逃过了一劫。

安史之乱平定后，唐肃宗李亨重建大唐政权，火烧三把，李亨首先把附逆的官员分三等定罪，准备秋后算账。王维也在名单中，本当治罪。但因为王维的这首诗早前已传到驻跸，舆论广泛认为王维是"身在曹营心在汉"，他不仅以诗获赦，还百尺竿头，当上了尚书右丞。

其实，王维之所以能被网开一面，与胞弟王缙有莫大关系。王缙时任宰相，爱兄心切，愿将自己的官位置换，上书唐肃宗说，把我免了吧，权为哥哥赎罪。

王维是位全能型的选手，诗书画乐俱佳。他的诗与画，以清淡见长，充分表达了大自然的静穆闲适。苏东坡对他的评价最权威，且一锤定音："味摩诘之诗，诗中有画；观摩诘之画，画中有诗。"王维多有佳作，如熟知的《鹿柴》《相思》《渭城曲》《鸟鸣涧》《山居秋暝》，等等。他一出手，便是"此诗只应天上有"这样的金句，如"风劲角弓鸣，将军猎渭城"，如"空山不见人，但闻人语响"，如"深林人不知，明月来相照"，如"君自故乡来，应知故乡事"，如"独在异乡为异客，每逢佳节倍思亲"，如"劝君更尽一杯酒，西出阳关无故人"，如"行到水穷处，坐看云起时"，等等，实在是珠玑遍地，俯拾皆是。

没做过统计，但估计在唐代诗人群体中，个人诗句的阅读在历代读者中抵达率最高的当属王维。辛文房在《唐才子传》中说，王维"九岁知属辞，工草隶，闲音律"。诗书音画的娴熟精通，是大熊猫级的稀缺人才，怪不得连坏人如安禄山者也不舍得杀他。

当初还没出道时，王维偶与唐睿宗第四子、岐王李范相识。读过王维的诗作后，李范对王维佩服得五体投地。他对王维说："把你的得意之作抄上几首，再谱上新近流行的琵琶调子，然后我带你去见个人。"

谁啊？九公主！

九公主，又称玉真公主，是唐睿宗的第九位女儿。玉真公主为唐玄宗、岐王李范之妹，与唐玄宗同父同母。玉真公主黼衣方领，地位超拔，是当时著名的文艺爱好者与传播者。

进得公主府，众女艺人迅速围坐王维身边，王维倾情琵琶一曲。"沉吟放拨插弦中"，玉真公主纤手击掌，众伶人也发出阵阵尖叫声、呐喊声，"再来一曲"的热情撼动屋宇。玉真公主问王维："先生所奏何曲？"答曰："《郁轮袍》。"接着，王维又拿出一沓自己的诗作呈上。玉真公主稍做浏览，如获至宝地说："平日里吟诵的这些好诗，还以为是古人的作品，没想到作者就在眼前啊？！"言毕，邀请王维上座，宾主相谈甚欢。临别时，公主私语王维：京兆府马上要举行乡试，如果能让你这位考生为解头，那可是大大的荣耀啊！

万里挑一，人才难得！玉真公主是个爱才的人，于是极力向主考官推荐王维。开元十九年（731），王维得以"一日看尽长安花"，以状元及进士第，提拔为右拾遗，不久又升迁给事中。

科考一役，王维的脱颖而出，是否走了捷径？

不可否认，这应与玉真公主力荐有关，但并没有犯规。"行卷"只是为国抢才的另一种补充，这条"潜规则"在当时也是"显规则"。读书人把自己得意之作送给高官名士，如果得到对方的赏识，可以"好风凭借力"，从而得以顺利进入仕途。这种"行卷"之风在唐代颇为盛行，不单是王维，

连李白、杜甫、白居易、朱庆馀等大诗人也都干过这种事情。尤耳熟能详者，如白居易与名士顾况间"长安物贵，居大不易"的戏谑对话，成为当时读书人渴望效仿的范式。

王维的诗，施蛰存先生将其分为两种风格。一种比较绮靡秾丽，是沈佺期、宋之问的余波，这类大都是他早期作品。另一种淳朴清淡，其中写田园生活的，则承继了陶渊明的诗境；另有描写山水风景的，便有鲍照和谢灵运的余韵。不过，陶、谢的田园山水诗反映的多是当时文人的道家思想，而王维创作的思想基础，却是佛家。

有个夜间，心思浩渺，于是泡杯清茶，静静地读他的《秋夜独坐》。

独坐悲双鬓，空堂欲二更。

雨中山果落，灯下草虫鸣。

白发终难变，黄金不可成。

欲知除老病，唯有学无生。

读这首诗，你读到了什么呢？诗人不就像是僧徒坐禅、觉悟学佛吗？是的，王维中年奉佛，意欲清除七情六欲，即诗中所言的"无生"。

诗人出身于名门望族，衣食无忧，仕途顺风顺水，皈依佛门，一方面是受社会风气的影响，佛教大盛，极为流行；另一方面因随其母学佛，受佛家消极避世的影响较深。如果再往深处追探，我认为，是王维"见之于未萌，识之于未发"，看到大唐国势正在走下坡路，内忧外患，又觉得自己无能为力，于是产生了隐退之心，试图在精神上寻找慰藉。

王维曾有过两次隐居。一次是在长安城外的终南山小住，其实这算不上是真正的隐居，只是瞎跟时髦，效仿当时许多读书人出世前走"终南捷径"罢了。另外一次是到了晚年，他精心选择居住在"辋川别墅"，离长安不远的蓝田县附近。"辋川别墅"庭院深深，亭台楼馆相望。这时的王维再也无意官场，天天在此与各路文士，如丘为、裴迪、崔兴宗等游玩赋诗，弹琴饮酒。"辋川别墅"是王维的栖身之所，也是他的精神家园。有一天，他还上书《请施庄为寺表》，请求皇上恩准他将"辋川别墅"改为寺院。

叶嘉莹先生在《古诗词课》中，一度质疑王维所谓"隐居"的真诚，批评他一边拿着朝廷的俸禄，一边虚套隐逸的高名，认为他充其量是一个仕隐兼得的人物，或者说得更直白些，王维有一丁点儿欺世盗名。

我认为，叶先生的说法失之偏颇，王维的隐逸是发自肺腑的。王维信奉佛教，吃素食，身穿没有染色的衣服，妻子去世后不再续弦，过了三十年的单身生活。

王维临终时，从容写信辞别亲友，然后"停笔而化"。搁下笔后就溘然长逝，这种面对死亡的淡然，需要一生的修行。

王维的诗，我大多喜欢，其中的《辛夷坞》让我爱不释手。

木末芙蓉花，山中发红萼。

涧户寂无人，纷纷开且落。

　　辛夷坞，在"辋川别墅"附近，山花自开，风景动人。诗中没有华丽的辞藻，也没有刻意的雕琢，只是平实道来，但平静之下却有着动人的艺术魅力。沈德潜在《唐诗别裁集》中说这首"幽极"，评价可谓高矣，可谓至矣。

　　不是吗？请闭上眼睛，想象这样一幅画卷：枝条顶端的辛夷花，摇曳着鲜红花萼，红白相间，尽情绽放，一点儿也不用看他人脸色。涧口寂静，杳无人迹。随着季节变换，花儿纷纷怒放，又瓣瓣飘落。动静相宜，各得其妙。《辛夷坞》里，王维已经把自己的内心荡涤得干干净净，无欢无喜无悲无哀地叙写着一切。是的，王维的诗中根本没有人，连他自己都淡忘了，甚至消失至无。世道如此，这就是所谓禅境吧！

　　毕竟是文学，是一瞬间感。

　　诗人真的心如古井？这个时候，贤者如张九龄走了，奸宄如李林甫来了，王维的心情苦闷而又无奈。

　　阒然无声中，诗人听到的，只能是自己的心跳。

高适

天下谁人不识君

以五十岁为界，高适的人生泾渭分明、截然两段。

五十岁前的他，是浪子、军人；五十岁后的他，则是诗人。

安禄山的反叛，令整个帝国目瞪口呆。接报后，唐玄宗像挨了一记闷棍，踉跄着从华清池的云蒸霞蔚中强撑起来，虚弱地低吼了一声："反了他，来人！"

环顾左右，帝心茫然，无人可用啊！"蜀中无大将，廖化当先锋"，幸好还有个猛将哥舒翰！

实事求是说，哥舒翰是高适人生中一缕复杂的光。当时，羞愧难当的唐玄宗，将平叛的重任交给哥舒翰。膺天明命，重任在肩。出征前，哥舒翰要找个好帮手，首位人选，他想到的便是高适。于是，马上给朝廷打报告，提出要人。绝续存亡之秋，唐玄宗还能有什么选择？即时授任高适为左拾遗，不久又下旨转任监察御史，辅佐哥舒翰防守潼关。

哥舒翰的大力提携，让高适"梦想照进现实"，但这缕光却没能一直暖意融融。志大才疏的哥舒翰先是没能守住潼关，继而大败。更让人大跌眼镜的是，哥舒翰后来竟然投降了叛军。高适不肯附逆，瞅准个机会逃了出来，连夜抄小道赶到河池求见皇帝，经一番曲折，终于见到了唐玄宗。面对众人皆曰"哥舒翰当杀"，高适还是客观地予以"一分为二"，他对唐玄宗说："哥舒翰之败，监军负有责任，他们不忧虑军务，天天沉溺于倡优蒲戏，广大将士食不果腹，多以粗米充饥，还谈什么战斗力呢？监军们如此专权，不败才怪呢！"他欣慰于唐玄宗的频频颔首，却没注意到一旁的权宦李辅国阴沉着的脸。

往后有高适受的。

张九皋则是高适更早的一位贵人，他开掘了高适人生的另一种可能。

高适不是"官二代""富二代"，也不是"文二代"。他世代赤贫，年轻的时候，还是个远近有名的"问题青年"。《新唐书》中说高适"少落魄，不治生事"。穷困潦倒，还不爱读书，耻于参加科举考试，整天与赌徒为伍，混迹其中，欺男霸女。赌桌上，因为下手够狠够准，竟然"才名便远"，暴得大名，高适成了梁、宋两地的"闻人"。

有人独具慧眼，"奇之"，认为高适绝非等闲之辈、池中之物，这位伯乐便是宋州刺史张九皋。有一天，张刺史将高适请进官衙，稍作寒暄后，刺史大人直奔主题："年轻人啊，你的时间应花在书桌上而不是赌桌上。"刺史大人的一席话，电光火石般，重新唤醒了高适沉睡的灵魂。从此，高适金盆洗手，转而埋头苦读。不久，在张刺史的鼓励下，他参加有道科考试，

居然榜上有名，朝廷授职封丘的县尉。可惜的是，高适后因不愿"拜迎长官"和"鞭挞黎庶"而主动去职。

《唐才子传》中说："适尚气节，语王霸，衮衮不厌。遭时多难，以功名自许。"意思是，高适和许多读书人一样，喜欢研究王业与霸业，并运用在实战中。高适在率兵讨平永王之后，参与征伐安史叛军，曾立下赫赫之功。他率兵以一当十、以少胜多，一举解除睢阳之围，就是战争史上的著名范例。

高适的"负气敢言"、恃才傲物，导致"权近侧目"，朝中诸多权贵对他又怕又恨。其中为最者，就是当年站在唐玄宗旁"阴沉着的脸"的李辅国。权臣李辅国尤"忌其才"，屡在皇帝跟前上眼药、使绊子。如此一来二去，唐玄宗对高适的信任度大减。高适被贬为太子少詹事。

太子少詹事没多少事做，就一闲职，名声好听而已。

高适很受伤、很郁闷。

那年代，如果工作不顺心，许多人撂挑子的方式就是一言不合去隐居。高适是谁啊？他是有理想、有抱负的人。他选择"诗言志"，开始学习诗歌创作。

不得不承认，有些人在某一领域是有天赋的，而且往往一出手便是高手。比如说高适，《新唐书》说他"年五十，始学为诗，即工，以气质自高"。说的是，高适到五十岁才学写诗，起步虽晚，但写得很好，还以气质自我清高。他每推出一篇新诗，即引来"好事者辄传播吟玩"。篇篇皆是精品，首首广为流传，高适一时"圈粉"无数。

失之东隅，收之桑榆。大器晚成的高适在人生的后半段，在一个自己或许都没曾想到的"战场"上，创造了另一种人生功业。在他眼中，圣贤书就是兵书，遣词造句犹如布兵排阵。他在新的天地里，体悟到无限的酣畅淋漓。他牛刀小试，不小心又成了唐代边塞诗派的代表人物，与岑参齐名，双峰并峙。

在诗中，他发出了"君不见沙场征战苦，至今犹忆李将军"的反战感慨；在诗中，他遇见了唐玄宗时期著名琴客董大，以"莫愁前路无知己，天下谁人不识君"来为壮士增色、为游子拭泪；在诗中，他"借问梅花何处落，风吹一夜满关山"，塞上听到的吹笛啊，不是思乡的惆怅，而是边塞和平即将到来的婉转悠扬。

哪有什么天赋？只有别人看不见的遍体鳞伤！从古乐府《燕歌行》，到《别董大》，再到《塞上听吹笛》，每一首经典，都是诗人内心积郁情感的喷薄而出，也是他人生山巅水涯、戎马倥偬的仰天长啸。如果读一读他的《送李侍御赴安西》，或许更能读懂千年前的诗人高适。

行子对飞蓬，金鞭指铁骢。

功名万里外，心事一杯中。

虏障燕支北，秦城太白东。

离魂莫惆怅，看取宝刀雄。

好一句"功名万里外，心事一杯中"，与李白的"人分千里外，兴在一杯中"、庾抱的"悲生万里外，恨起一杯中"有异曲同工之妙。灵魂相通的人，往往有相同的愁思，但比较之下，还是高适的最为壮阔。男儿都想建功立业，但未必尽如人意。请莫悲伤，不妨将万千心结，付与一杯酒、付与笑谈中。干了这一杯，人生大不了从头再来。

辛文房对高适颇多赞许，他在《唐才子传》中说高适"遭时多难，以功名自许"。这一评价，可在高适许多边塞诗中得到印证，他的诗笔力雄浑，格调高昂，渲染着盛唐气象。但他的笔下，有无奈，也有怀才不遇。如《蓟中作》：

策马自沙漠，长驱登塞垣。

边城何萧条，白日黄云昏。

一到征战处，每愁胡虏翻。

岂无安边书，诸将已承恩。

惆怅孙吴事，归来独闭门。

虽有报国之志、安边之策，无奈边将无能、欺上瞒下，凭一己之力已无法改变什么，唯剩不遇伯乐之浩叹。

朝廷纲纪败坏，小人当道，尤其是杨国忠不忠，让高适心灰意冷，他决定"躺平"。开元二十四年（736）秋，他从长安出来，在淇水旁建了所别墅打算长住。如果没有更好，那就把自己沉浸在田园牧歌之中吧。《淇上别业》还原了这段幸福时光：

> 依依西山下，别业桑林边。
> 庭鸭喜多雨，邻鸡知暮天。
> 野人种秋菜，古老开原田。
> 且向世情远，吾今聊自然。

听得见鸡叫看得见鸭飞，看得见朴实的乡亲看得见广袤的田野，一场场不期而至的小雨，透过层层叠叠的桑林，仿佛提醒诗人莫忘了乡愁。高适果然是高人，虽满腹心事，脸上却波澜不惊。

身在江湖，却心在庙堂，是传统士人最难言说的人格困局，高适自然难以例外。某一天，朝廷的一声召唤，他毅然作别这满园春色，翻身上马，跟随西川节度使崔光远奔赴梓州讨伐叛乱，后又率兵出战南城，牵制了大量的吐蕃兵力，给历史留下一个硬朗的身影。

这是另一个话题了。

历史是最好的导演。高适曾经到过汴州。在这里，他的人生进入一个小高潮，与诗坛"双雄"李白、杜甫幸得一见。《唐才子传》这样描述三人相会的场景："尝过汴州，与李白、杜甫会，酒酣登吹台，慷慨悲歌，临风怀古，人莫测也。中间唱和颇多。"

真是一场千年之约！让后人想来，心旌摇曳。

他们仨相见时，是如何喜出望外，是如何推杯换盏，又是如何口出锦绣，史料记载不多，本想找几首他们唱和之作把玩一番，想想还是罢了，这一幕留在心里头更好，留在历史深处更好。

"二十解书剑，西游长安城。"高适从长安再出发，后来居上，让人生开挂，实现了命运的逆袭。"莫愁前路无知己，天下谁人不识君？"这是高适鼓励友人董大的诗句，也恰好演绎了他最生动的人生期许。

人生没有太晚的开始。所有的安排，都是为了等待下一场的厚积薄发。

杜甫

很咸，很苦，很深情

不瞒你说，在很长的时间里，我都不喜欢杜甫。

不喜欢他的那张苦瓜脸，也不喜欢他写的诗，管他什么"诗史""诗圣"！

念中学的时候，几乎每个学期，语文课本上都选有他的诗，并且不止一首。

更痛苦的是，他的诗歌，老师要求背诵，一字不落。

读他的诗，心情总是感到压抑。少年时代，心智尚没成熟，眼泪、欢笑，全是第一，杜甫的诗沉郁顿挫，很难勾起"少年心事当拿云"的阳刚豪气。背诵杜甫的诗歌时，摔过好几次课本，甚至骂骂咧咧，对诗人大不敬。

安史之乱未定，关内又大饥。这是杜甫人生最窘迫的时期，他走投无路，只好弃职带领全家老小西行，辗转抵达成都。稍作安定，得益于亲朋好友的帮助，杜甫在西郊浣花溪畔，花了两年时间才盖了间茅屋，总算有了个安身之所。哪知道呢，第二年秋天的一场狂风，呼啸而来，掀翻屋顶；暴雨如注，几无立锥。茫茫黑夜，诗人手忙脚乱却又力不从心，无可奈何。

卷飞了屋顶的茅草，一层又一层。稀里哗啦，吹到江郊，散落四处。诗人应该去诅咒老天爷啊？但不是，诗人将气撒到南村的一群顽童身上，骂他们"忍能对面为盗贼"。在诗人眼里，别人家的孩子是"盗贼"，自家的孩子却是"娇儿"。写出《三吏》《三别》，一向忧国忧民的杜甫怎么啦？扒拉了你茅屋顶的，又不是"南村群童"，你还说过愿得"广厦千万间"以"大庇天下寒士"呢？

何况一丛区区茅草呢？

因心中嘀咕着替"南村群童"打抱不平，背这首诗时，无可救药地陷入了天人交战，有点像钝刀子割肉，几天都拿不下来，挨了语文老师的一顿臭骂。

可能是因为"阅读叛逆"，这首脍炙人口、千古传诵的《茅屋为秋风所破歌》，在我年少的心田里并没留下什么好印象，反而觉得杜甫是一位"小气""吝啬"的怪老头。以后见到杜甫的诗，能躲且躲，绕道而走，直到多年后读到那首《又呈吴郎》，"诗圣"的身躯顿然巍峨而立，并且榨出了自己鲜衣下种种的"小"。

又呈吴郎

堂前扑枣任西邻，无食无儿一妇人。

不为困穷宁有此，只缘恐惧转须亲。

即防远客虽多事，便插疏篱却甚真。

已诉徵求贫到骨，正思戎马泪盈巾。

感动我的，是这首诗背后的故事。读来满纸心酸，也读到了杜甫"心忧天下苍生"的家国情怀。

唐代宗大历元年，也即 766 年，如无根的浮萍，杜甫携妇将雏，漂泊到了四川夔州。第二年，他住进了瀼西的一所草堂里。草堂前有几棵枣树，正值硕果爬满枝丫时节。西邻是一个寡妇，因为庄稼歉收，家徒四壁，常来打枣充饥。杜甫心怀悲悯，从不干涉。有些枣长在高枝，杜甫还施以援手，帮她击落。

不久，杜甫把草堂让给一位姓吴的亲戚，也就是诗题中的吴郎，杜甫自己则搬到离草堂十几里路远的东屯暂居。

没想到，吴姓亲戚一住进来就在草堂四周扎上篱笆，言下之意：私人领地，严禁打枣。杜甫无意间听说后，马上修书一封，写了这一首诗劝说吴郎。

诗的第一句开门见山，从诗人自己过去怎样对待邻妇扑枣说起。"扑枣"就是打枣。"任"就是放任，之所以要放任，第二句做了解释："无食无儿一妇人。"原来这位西邻竟是一个缺吃少喝、无儿无女的老寡妇。诗人的潜台词是对吴郎说："对于这样一个无依无靠苦妇人，我们还能不让她打点枣儿果腹吗？"

"不为困穷宁有此？只缘恐惧转须亲。""困穷"，承上第二句；"此"，指寡妇扑枣一事。这里说明杜甫十分同情体谅穷苦人的处境。诗人自叙以前的事情，目的是更好地说服吴郎。"即防远客虽多事，便插疏篱却甚真。"这两句落到吴郎身上。上句"防"的主语是寡妇，下句为此"插"的是吴郎。这两句诗言外之意是：这不能怪她多心，倒是吴郎有点太不体贴人。她本来就是提心吊胆的，吴郎不特别表示亲善也就罢了，还要插上篱笆以防她来扑枣。说真一句，如果不是饥饿难耐，谁会放下自尊活在别人的鄙视中呢？

诗人的措辞十分委婉含蓄，这是因为怕话说得太直、太生硬，教训意味太重，会引起对方的反感，反而让吴郎不容易接受劝告。

最后两句"已诉征求贫到骨，正思戎马泪盈巾"，是全诗的"诗眼"，也是全诗的顶点。杜甫借寡妇的诉苦，指出了寡妇的、同时也是当时千千万万黎民百姓的艰难苦恨。杜甫的情绪并未止于寡妇扑枣的同情，更是直指苦难背后的根源。再由涂炭生灵的"征求"往外，杜甫的眼光更加深邃寥廓。下一句说得更远、更大、更深刻。陷百姓于水深火热之中的社会根源，实则是"安史之乱"以来持续了十多年的战乱，即所谓"戎马"。从一个穷苦的寡妇，从一件扑枣的小事，杜甫联想到整个国家大局，以至于泪流满面，这是因为他深厚的儒家情怀，也是他点醒、开导吴郎的题中应有之义，让吴郎深刻地明了：兵荒马乱中，苦难的人多的是，绝不止寡妇一个，和她们相比，我们幸运多了，至少还有草堂可以寄脚。吴郎啊，看远一点儿、想开一点儿吧，不就几颗枣子吗？救人一命，胜造七级浮屠。

言语剀切，道出了杜甫的良苦用心和菩萨心肠。清人卢德水在《读杜私言》说得好："杜诗温柔敦厚，其慈祥恺悌之衷，往往溢于言表。如此章，极煦育邻妇，又出脱邻妇；欲开导吴郎，又回护吴郎。八句中，百种千层，莫非仁音，所谓仁义之人其音蔼如也。"

值得一提的是，杜甫对"劝说吴郎"怀抱着万分真诚。吴郎是杜甫的晚辈，杜甫却不说"又简吴郎"，而是用了"又呈吴郎"，"呈"字是敬词，显然为了这位苦命妇人，诗人不惜矮化自己，以表达对苦难人们的感同身受。

想想，为了天下黎民，杜甫何止一次矮化自己！"安得广厦千万间，大庇天下寒士俱欢颜！风雨不动安如山。呜呼！何时眼前突兀见此屋，吾庐独破受冻死亦足！"笔者回想当年对"诗圣"的大不敬，惭愧！

真的希望，因为这一首诗，这位无所依恃的寡妇，在兵连祸结的年代，靠邻人的几颗枣子，能坚强地活下来。

有首陕西民歌曾广为流传："唐朝诗圣有杜甫，能知百姓苦中苦。"如果让我重新定位：杜甫的诗，是儒诗；作为诗人，杜甫则是诗儒。

任命来了，你却走了

卢纶

上马击贼，下马草露布。

短暂的军旅生活，成为卢纶一生取之不尽的创作富矿。这一时期，他文思泉涌，笔耕不辍，写下了脍炙人口的《塞下曲》系列，接连在大唐诗坛刮起了一股又一股的"卢旋风"，席卷大江南北。

《塞下曲》系列穿越时空，深受一代代读者推崇，现在已是多版中学语文教材的必选篇目。《塞下曲》共有六首，皆为经典，尤其是前四首：

其一

鹫翎金仆姑，燕尾绣蝥弧。

独立扬新令，千营共一呼。

其二

林暗草惊风，将军夜引弓。
平明寻白羽，没在石棱中。

其三

月黑雁飞高，单于夜遁逃。
欲将轻骑逐，大雪满弓刀。

其四

野幕敞琼筵，羌戎贺劳旋。
醉和金甲舞，雷鼓动山川。

　　第一首，写将帅的威严，军容严整。"独立扬新令，千营共一呼"，"必胜，必胜"！旗旄之下，千万士兵发出的阵阵呐喊，仿佛透过时代风云，仍然猛烈地撞击着耳膜，遥遥地听见了历史的回声。第二首，与将军出猎，弯弓一射，以为射中的是只老虎。天亮一看，啊，这一箭，竟然深深地射入了一块石头之中。将军的勇猛，何须多言！第三首，诗人明察秋毫，捕捉到了神武将士克敌制胜的犀利目光。借着夜色，敌人想逃跑？没门儿！四周都是警惕的眼睛。雪花飘落，映衬弓刀，寒光闪闪，这是追击敌人溃逃的刀戟洪流。第四首，抒写的是凯旋，盛大的庆祝大会上，有美酒，有狂舞，还有擂得震天响的鼓声。眼泪、欢笑、呐喊、所有的都来吧，山川作证，让我们尽情地为将士们祈祷，为他们的浴血辉煌高奏一曲礼赞。

"出征—引弓—追逃—凯旋"，这四首诗，符合西方戏剧的"三一律"原则，完整得就是一出精彩的四幕话剧。如果有机会在现代舞台上演，毫无违和之感，没有时空距离，每一位观众如临其境，进而激发客串一回效命将军麾下的一位普通战士，冲锋陷阵，奋勇杀敌，以建平生功业的激情。

如果一定要做个选择，我最喜欢第三首。你听，在夜幕深处，一行大雁被惊起，扑棱棱地急急飞向夜空。不好，有情况，敌人要逃跑！枕戈待旦的将士们翻身而起，箭步跨上战马，向着敌人逃窜的方向，如嗷嗷叫的群狼扑了上去。夜色深沉，漫天飞雪，看不见人，看不见战马，但警惕的目光，就像是一把把覆满层层雪花的"弓刀"。

苍茫夜色中，刀光闪寒，惊破敌胆。

虽为中唐诗人，卢纶的边塞诗表现的依旧是盛唐气象。字里行间，雄壮豪放，充满着英雄豪情。每一字、每一行，都是卢纶借着大漠夜空的清辉、迎着阵前敌人的刀锋热血写就。千年之后，读到这些边关男儿的勇敢，读到这些读书人的家国情怀，无不心潮澎湃，血脉偾张。恨不得重新回到那个时代，弯弓携剑，勇赴疆场，猎杀豺狼。

卢纶的《塞下曲》，气势昂扬，宛如战歌，读到了气贯长虹，读到了所向披靡。但卢纶所长，并不拘于边塞一格，他是复合型诗者，送别题材同样写得感人至深，如《送李端》。

故关衰草遍，离别自堪悲。

路出寒云外，人归暮雪时。

少孤为客早，多难识君迟。

掩泪空相向，风尘何处期。

颈联"少孤为客早，多难识君迟"句，是卢纶回忆往事，感叹身世。

少年时代的卢纶，由于家境不好，世道不宁，父亲去世较早，加上本人身子多病，常常陷入生活困顿之中。在好长的时间里，卢纶寄人篱下，是在舅舅家中度过的。他在《纶与吉侍郎中孚司空郎中曙苗员外发崔补阙峒》诗中就这样写道："禀命孤且贱，少为病所婴。八岁始读书，四方遂有兵。"又在《赴池州拜觐舅氏留上考功郎中舅》诗中说："孤贱易蹉跎，其如酷似何。衰荣同族少，生长外家多。别国桑榆在，沾衣血泪和。应怜失行雁，霜霰寄烟波。""沾衣血泪和""应怜失行雁"两句，让诗人的漂泊落寞之苦大白于天下，也让读者的心隐隐作痛。

少孤不易，卢纶的仕途也不平坦。谁能相信，位居"大历十才子"之首的卢纶，也是位屡试不第的"高考落榜生"。《极玄集》《旧唐书》均有卢纶进士不第的记载，《唐才子传》说得更肯定些："数举进士不入第。"卢纶自己在《落第后归终南别业》一诗中也伤感地写道："久为名所误，春尽始

归山。落羽羞言命，逢人强破颜。"

　　看得出，他对"高考落榜"一事耿耿于怀，在《纶与吉侍郎中孚司空郎中曙苗员外发崔补阙峒》中又说："方逢粟比金，未识公与卿。十上不可待，三年竟无成。"没有靠山，无人站台，落第后的卢纶，只好到终南山暂时落脚，一边读书，一边等待时机。他后来又几次应举，可惜上天照样没有垂青他，依旧榜上无名。

　　蛰居甚久，但金子终会发光。彷徨间，他人生的伯乐出现了，这位慧眼识珠者就是河中节度使浑瑊。浑瑊听说卢纶的才华后，亲自上门邀请卢纶担任元帅府判官。正是因有这一段历练，才有他诗情蓬勃生长的可能，他大量的边塞诗就是出自这一时期。

　　判官任上，卢纶广泛交游，所结之士不乏豪门贵胄。宰相王缙、元载两人，不但是他诗歌的忠实读者，还是他仕途得以走向更远的领路人。王缙推荐他出任集贤殿学士，元载还找了个机会，把卢纶的诗文呈给了唐代宗，并得到了唐代宗的赏识。想当官？皇上一句话的事，卢纶因此被外任门阁乡县尉，不久做上检校户部郎中、监察御史。

官做到这份上，也算是顺风顺水了。但人生充满太多的不确定性，意外和明天不知道哪个先来。不久，元载因交好宦官李辅国，后坐罪被赐死，王缙则被逐出长安，贬为括州刺史。城门失火，祸及卢纶，眼看"风雨欲来"，他赶紧上折"称疾去"，找了个生病了的借口，避风头去了。

不久，大唐政权换主了。唐代宗去了，唐德宗来了。

大唐全民都是诗歌爱好者。卢纶诗中提及的舅舅韦渠牟，历任四门学士、右补阙、谏议大夫和太常卿等职，是皇室继任者唐德宗的诗友、红人。有一天在"叩见皇上"后，老舅举贤不避亲，趁机将外甥卢纶诗文呈上，说请皇上批评指正。唐德宗看后爱不释手，马上宣卢纶进入内殿。唐德宗也拿出自己写的诗作，让卢纶作诗唱和，君臣间有了一次你来我往的艺术切磋。

从内殿退出，卢纶耐心等待着新的机会。希望越大，失望也就越大。眼巴巴地等了好些日子，宫里却并没传出他要的好消息。追问老舅怎么回事，得到的反馈是老舅无奈的两手一摊。

皇帝老儿把卢纶忘了。

终有一天，唐德宗又再次想起卢纶，问他的老舅韦渠牟：

卢纶现在什么地方？舅舅赶紧回皇上说：卢纶正跟随浑瑊在河中呢。唐德宗大叫可惜了！立即下诏并使用驿马奔驰河中，准备高规格迎接卢纶进京。"会卒。"恰恰这个时候，卢纶因病去世了。

天命无常。常常是，当我们猜到谜底时，才发现，一切又迟了，命运之手早已换了谜题。

一声叹息。

这样的命数，卢纶或许早已看透。至少，在《裴给事宅白牡丹》一诗，他看得十分真切。

> 长安豪贵惜春残，争玩街西紫牡丹。
> 别有玉盘承露冷，无人起就月中看。

这首诗，诗人将花与花、花与人的命运巧妙勾连，所道的，正是诗人自己的人生囧途。有心"了却君王天下事，赢得生前身后名"，无奈命运多舛，难以得到上天的拨冗一顾。

如鱼饮水，冷暖自知。

崔护

人面不知何处去

人生中有许多不期而遇，却又往往失之交臂。等不来，也过不去。往往怅然若失。

其实，不必追。

那一年，博陵（今河北定州）人崔护，孑然一身赴长安赶考。走出考场后，剩下的，是一颗悬着的心。

听天由命吧！为舒缓心中的忐忑，他独自一人走向城南郊外，试图以满目胜景怡悦自己。

《本事诗》中说崔护"资质甚美，而孤洁寡合"。意思是说，崔护是个聪明人，只是性情清高孤傲，有些不合群。就说这一次郊游吧，他没有邀约他人，选择与自己为伴，与清风为伴。

时值清明时节，一路所见，杨柳花飞、暖风和煦。久困于如山的备考复习资料中的崔护，见此宜人景色，顿觉神清气爽，脚步如风。东瞅西看，一路瞎逛，他完全沉醉于花花绿绿的世界之中。

忘了时光，也忘了归路，崔护迷路了。作为一名异乡人，此时的他不辨南北西东，浑然不知身在何处。走了一天迢远的路，已是太阳落山时分。此时的崔护感到腿酸口渴、饥肠辘辘，随身带来的一壶酒已告罄。惴惴不安中，他打算找个人家讨碗水喝，顺便歇个脚，然后打道回城。

环顾四周，荒无人烟，只是青山如黛。极目处，一个山坳中，一片桃花红白盛开，茅屋一角在夕阳下隐约可见。

崔护心中大喜，朝着目标狂奔。他很快就到了山脚，再攀上靠前一步。咦，方才的茅舍反而不见了，眼前只见蔚然桃林，遮天蔽日，落英缤纷，原来茅屋被灿烂的桃林紧紧裹住了。

穿行桃林中，闻着桃花沁香，崔护禁不住轻声吟诵起《诗经》中的《桃夭》篇："桃之夭夭，灼灼其华。之子于归，宜其室家。桃之夭夭，有蕡其实。之子于归，宜其家室。桃之夭夭，其叶蓁蓁。之子于归，宜其家人。"嗯，今日诸事皆宜。

崔护低吟着，生怕稍高了一个分贝，就会将满枝满丫的桃花抖落。好一片林子，好一处桃花源。

谁"于归"此处呢？此地必有高人。按捺不住急切，也为了尽早解开心中谜底，崔护沿着山间小道，跨过坡坡坎坎，在桃林中曲折前行，终在百步开外，豁然开朗，但见在一平旷处，有茅屋三两间。

崔护喜不自胜。

这几间茅屋由木板和竹板搭成，屋顶上是重重茅草。茅屋四周还用竹篱围成一个小栅栏。站在篱笆外，崔护往里望了望，茅屋院内，虽是简陋，却井然有序、干干净净。

主人是谁呢？在家吗？崔护赶忙趋前，一看，心凉了半截，只见茅屋户门紧闭！

喉咙渴得冒烟，又有一番探究的冲动，崔护决定上前叩门试试运气。一二三，阒然无声。不死心，再敲，等了一阵子，这时候，有位妙龄少女从一间茅屋走了出来，透着栅栏缝隙往外窥看，见院子外有人，小声问道："谁呀？"崔护以姓相告，为释疑虑并回答说："寻春独行，酒渴求饮。"我一人出城郊游，酒后干渴，特来讨点水喝。

一阵窸窸窣窣的声音后，年轻女子打开院门，端了碗水出来，还客气地请崔护进院内就座。

递上水碗，双手接住的一刹那，四目相对，崔护心如鹿撞，惊喜不已，碗中的水抖了抖，飘洒在地上。此姝只应天上有啊，这女子"妖姿媚态，绰有余妍"。崔护忍不住多看了几眼，无边春色瞬间氤氲了整个世界。崔护心猿意马，思忖着多搭讪几句。遗憾的是，年轻女子并没有更多的话，只是轻盈地走到院外，斜倚在一棵桃花树下，"美目盼兮""巧笑倩兮"，一双会说话的眼睛，默默地注视着他。

明眸善睐，艳若桃花。

　　将剩下的半碗水一饮而尽，尴尬中的崔护，一时语塞，也无法再无话找话，只好起身作揖告辞。

　　他的魂不可救药地留下了。但心有不甘的崔护，朝前走了几步，却又频频回首，这女子依旧站在桃树下，目送着他的背影，然终不复一言。

　　崔护在期待中，终是怅然而归。

　　自此后，崔护心中无一是她，无一不是她；夜里梦她，醒来念她。一转身，却不在身边，这是一种彻骨的惦挂。可怜的崔护，一时坠入了深渊般的"单相思"。幸好，功名是男人最好的药方。这一年考榜揭晓，崔护榜上有名。人生关键一役告捷，让崔护暂时忘记了情感上的煎熬。此番上榜，暂且让这段美好的邂逅，成了一只放飞的风筝，逍遥又自在。

然而，风筝的线还是紧紧地攥在手心里，飞得越高，越想把它攥回来。崔护的这份感情也是如此，蛰伏愈深，爆发得愈激越。又一年清明节到了，崔护的思念如雨后春笋，野蛮生长，满坑满谷。于是，这一次，他依然没邀约他人，自个儿直奔城南而去。

还是老地方，茅屋犹在，桃花同样绽放得漫天飞舞，茅屋的大门同样严丝合缝。他急切地敲了又敲，空院无声。徘徊良久，终是人去茅舍空。日暮临近，恋恋不舍中，崔护只好在门扉的左侧题诗一首，这就是足以让崔护青史留名的《题都城南庄》——

去年今日此门中，人面桃花相映红。
人面不知何处去，桃花依旧笑春风。

鄙邑赣南乡间有句俗话："好饭不怕晚，好话不在多。"于诗歌创作而言，道理如出一辙。崔护或许不算是多产诗人，至少流传下来的作品不多，《全唐诗》仅存六首。但他有这一首《题都城南庄》就足够了，诗名足以不朽。

崔护这首名诗，包含着一前一后两个相同场景又相互观照的递进。第一个场面是寻春遇艳："去年今日此门中，人面桃花相映红。"双方脉脉传情却未通言语的遗憾，虽是遗憾，却足以动人心魄。第二个场面是重寻不遇："人面不知何处去，桃花依旧笑春风。"还是春光烂漫、百花吐艳的季节，还是花木扶疏、桃柯掩映的门户，但一直心念念的"人面"却不知道去了何方，只有门前的一树桃花，在春风中含笑凝情独自绽放。这种深重的怅然若失，与周遭情景相比，崔护的心情一定是雨愁烟恨，甚至绝望。

花开与我无关，春色与我无关，一切与我无关。

唯有你。

人生茫茫，有人在，就有江湖，就有不同的人生际遇与况味。即便如此，素不相识的人们总有情感最大的公约数。崔护诗中的人面桃花，物是人非，这种看似简单的情景剧，却道出了无数人都似曾有过的共同生活体验。我们未曾与诗人同处一个时代，但这种生活经历，仍可让当下的我们与诗人深宵对语，妙然心会。

可惜，这种美好，现代人不再憧憬，也难以复制。

崔护笔下的这段无果的偶遇，本可就此打住。诗人放不下，好事者心中也放不下，绞尽脑汁追求大团圆。唐代学者型官员孟棨在他的《本事诗》中有了续篇。他精心编了个剧本：爱而不得是最大的痛苦。不肯轻言放弃的崔护，之后曾再次来到城南，去寻找那位女子。刚到院子门口，听到茅屋内有人哭泣。崔护乍听心头一紧，遂叩门询问，有位老者走了出来，一张口就责问他道："你是崔护吗？"回答道："正是晚生。"听罢，老者放声大哭说："就是你杀了我的女儿啊！"

桃花依旧。

　　崔护一头雾水，呆愣在那儿，手足无措，讷讷无言。老者继续哭诉说："我女儿已经成年，长得漂亮，又知书达理。前来做媒的人络绎不绝，踏破了我家的门槛，但都被我一一回绝，不舍得她嫁出去啊。自去年以来，她就经常神情恍惚、若有所失。那天我陪她出去走走散散心，回家后，见在左边门扇上题有一首诗，读完之后，刚进门她就病倒了，又绝食数日后就走了。我老了，只有这么个女儿，我女儿之所以迟迟不嫁，就是想找个可靠的君子，借以寄托终身。如今她竟然不幸去世。这不是你害死她的吗？"言毕，趴在崔护肩上号啕大哭。

　　听到如此一说，崔护顿时感到万分内疚。女孩之死，百身莫赎。于是恳求老者，让他进入内屋一哭亡灵。得到允准后，只见女子躺在床上，虽去世日久，但面目鲜活如生，仿佛只是睡去一般。崔护赶紧抬起她的头并枕在自己的腿上，他哭着祷告道："我在这里，我在这里……"

咦，你说神奇不神奇？不一会儿，这女子居然睁开了眼睛，死而复生！

之后的结局大家都猜到了，又是陷入"有情人终成眷属"的套路。果然，大喜过望的老人家，马上允诺将女儿许给了崔护。小两口从此举案齐眉，天长地久。

美则美矣，可惜是"续貂"，有点糟蹋了诗人笔下诗歌审美的悲剧意义。中国人喜欢追求圆满，其实生活中哪有这么多的天遂人愿呢？曾文正公最为欣赏的人生境界就是"花未全开月未圆"。

是的，人生需要留白，许多时候，"小圆满"远胜过"大圆满"。

让人觉得不公平的是，辛文房在为他赢得盛名的《唐才子传》一书中，关于崔护，竟然不着一字，让后来读者大有遗珠之憾。

读者的眼睛是雪亮的。再从崔护留下的六首诗中挑出一首《五月水边柳》，以飨诗魂。

结根挺涯涘，垂影覆清浅。
睡脸寒未开，懒腰晴更软。

摇空条已重，拂水带方展。

似醉烟景凝，如愁月露泫。

丝长鱼误恐，枝弱禽惊践。

长别几多情，含春任攀搴。

以比喻、拟人等多种修辞手法，极尽描摹了垂柳的万千风情，写得尽态极妍，惟妙惟肖。

这或许就是崔护的诗味。

突然觉得，能打动人的不仅是诗意，还有恰到好处的柔情，以及诚挚的内心。

贾岛

我来了，你不在

突然想起李凝，自老朋友隐居城郊后，有好一段日子没切磋了，怪想的。

　　于是，轻轻掩上柴门，骑上那头著名的瘦驴，诗人贾岛来了个说走就走的骑行。

　　从早到晚，一山越一山，一程又一程，山路崎岖，荆棘满途，暮色四合时分，贾岛终于抵达旅行目的地——李凝的茅屋前。

　　晚风习习，月光皎洁。

　　茅屋毫不起眼，掩映在竹林之中。隔着篱笆，贾岛亲切地呼喊着老友的名字，然而回报贾岛的，是山风呜咽着的沉静。徘徊着，徘徊着，借着月光，贾岛无意一瞥，看见门框上贴着一张字条：有事外出，归来无期。

　　寻访不遇，令贾岛惆怅绵绵，如一尊形影相吊的雕像，久久伫立于李凝茅屋门前。月光如水，这让贾岛的诗兴大发，一首《题李凝幽居》在夜色下汩汩而出。

闲居少邻并，草径入荒园。
鸟宿池边树，僧敲月下门。
过桥分野色，移石动云根。
暂去还来此，幽期不负言。

环顾四周，李凝隐居之地显得十分偏僻，除了树还是树，影影绰绰之下，但见一条长满青草的小路通往荒芜的园子。

夜色苍茫，鸟儿寄宿在池塘边的树上，一位僧人轻轻地敲着月光下的小门。趁着夜色，踱过一座小桥，广袤山野的景色被小桥一分为二，白云飘荡，仿佛石头也在静静地移动。既然老友不在家，我也只能暂且离去，关于我俩共同隐居的约定，我决不食言。

这首诗的意象丰赡，可谓美不胜收。尤一个"幽"字，既暗示李凝的隐士身份，又揭示朋友间共同的人生旨趣。

阅读唐诗，常常为这类友情感动莫名。一句"懂我"，胜千言万语，盖美酒佳肴。有趣的灵魂，像两条并行的轨道，虽未必有缘相交，但心灵的方向一致。很多时候，只能在车水马龙、众声喧哗中匆匆一瞥，孤独地走过一个又一个街角。

"嗯嗯，不错！"贾岛不禁为自己击掌叫好。

第二天一早，天蒙蒙亮，贾岛打道回府，还是骑着那头著名的瘦驴。进得城来，走在长安宽阔的大街上，贾岛任由瘦驴驮着，无论东西，他的诗心还流连在李凝柴门前，还在苦思冥想之中。

诗人在想什么呢？

贾岛在推敲"推"和"敲"——"鸟宿池边树，僧敲月下门"句中"敲"字，诗人先是用"推"字，后觉得不妥，还是"敲"字好？

犹豫难决。坐在瘦骨嶙峋的驴背上，贾岛反复引手做"推"和"敲"之势，路人投以讶异的眼光。

不好，前方封路！一道道"回避""肃静"的牌子如森林般高高举起。正全神贯注"推"和"敲"的贾岛，躲闪不及，那头瘦驴驮着主人，一头撞了上去。

被贾岛撞得变形的，是京兆尹韩愈的仪仗队。这还了得，数名安保蜂拥而至，又一拥而上扑了上来，像老鹰叼小鸡般，将贾岛押到一匹高头大马前。

主人斜探着身子，不失威仪，但面色慈和。他就是一代文宗韩愈。

"怎么啦，年轻人？"韩愈问道。忍住痛，贾岛把诗中"推""敲"两字未决之事如实道来。韩愈听罢，不但没有责备他，反而驻马思考了一会儿，捋了捋须，对贾岛说道："老夫以为，还是'敲'字佳矣。"

歪打正着，没想到这一撞，居然撞出了一段诗坛佳话，也为汉语词库贡献了一个脍炙人口的好词：推敲。

一个是京兆尹，声名赫赫；一个是书生，名不见经传。地位悬殊，但诗文面前，却可以相互平视。因这一撞，韩愈与贾岛自此常常谈文论诗，遂为"布衣之交"。

来吧，咱们一起走！韩愈热情相邀。那一刻，长安街头出现了动人的一幕：仪表威严的韩愈，与气短力微的贾岛，一马一驴，并辔而行。一路上，切磋作诗之道。韩愈把自己总结出来的诗文之法，和盘托出，毫无保留地传授给了贾岛。

这段佳话，温暖了大唐诗坛，也温暖了无数的读书人。

爱才心切，韩愈屡次三番劝说贾岛还俗，重回尘世。

他赠给贾岛一首诗，让贾岛在长安赢得了大名。韩愈的诗写得深沉，怜爱之心亦溢于言表。

孟郊死葬北邙山，从此风云得暂闲。

天恐文章浑断绝，再生贾岛着人间。

"天恐文章浑断绝，再生贾岛着人间。"读着这样评价自己的诗，贾岛心中一定如沐春风。千里马常有，而伯乐不常有。贾岛是幸福的，他恰好遇上了。

贾岛深感知遇之恩，也以诗酬谢贵人韩愈。

寄韩潮州愈

此心曾与木兰舟，直到天南潮水头。

隔岭篇章来华岳，出关书信过泷流。

峰悬驿路残云断，海浸城根老树秋。

一夕瘴烟风卷尽，月明初上浪西楼。

韩老师贬谪潮州，受苦了，受冤了，学生又无能为力，爱莫能助，唯盼能得到老天相助，早日昭雪。面对老师遭遇到的人生困厄，贾岛束手无策，能做的，就是甘愿陪同恩师一同受苦。

月光如洗，天下皎然。

贾岛被时人称为"诗奴"，大唐的另一位诗人孟郊则被称为"诗囚"，寓意大抵相当。一代文豪苏轼在《祭柳子玉》文中，给了他俩最中肯的评价：郊寒岛瘦。

说"岛瘦"，一说贾岛的外貌，《唐才子传》中说他"貌清意雅，谈玄抱佛，所交悉尘外之人"。另一"瘦"，是说他的诗风，贾岛的诗，精于雕琢，喜写荒凉、枯寂之境，读来多有凄苦况味。贾岛写诗，用力极猛，自诩是"两句三年得，一吟双泪流"。

他的诗，都是用心血熬出来的，他心甘情愿被文字"虐"。《寻隐者不遇》，全民皆熟，让我们来感受他的"瘦"。

松下问童子，言师采药去。

只在此山中，云深不知处。

茂林修竹，松下对答，以及隐者的高洁，诗意的混搭，经诗人反复打磨、推敲，毫无违和之感。

贾岛的诗句，多是苦寒之词，也多是"冥搜"所得，他为此多次发生"交通事故"，但不是每次都那么好运，都能幸运地遇上韩愈。有时还受了些苦头，甚至在"看守所"里关了一夜。比如在某年秋季，一个起风日子，贾岛一如既往地骑着那头瘦驴，行走在京都的大街上。落叶飞舞，秋色可人，如此美景，免不了撩起贾岛的诗意，他脱口而出："落叶满长安。"

如何续接？贾岛苦苦思索而不可得。于是他任由瘦驴驮着，漫无目的地行走，不一阵子来到了渭水边。渭水波光粼粼，鱼翔浅底，这让贾岛灵光乍现，随即念出："秋风吹渭水。"

绝了！贾岛欣喜若狂，没想到乐极生悲，他和他的瘦驴又一头撞上了别人的仪仗队，这回也是京兆尹，只是换了个主人刘栖楚。此京兆尹非彼京兆尹，刘大人没兴趣听他的解释，命人立马将贾岛送往官府。一夜寒牢，在朋友的斡旋下，贾岛次日才得以获释。

不过也值得，这两句吃过苦头而吟得的诗句，贾岛后来用进了《忆江上吴处士》一诗中。

闽国扬帆去，蟾蜍亏复圆。

秋风生渭水，落叶满长安。

此地聚会夕，当时雷雨寒。

兰桡殊未返，消息海云端。

朋友离开长安赴福建，才不到一个月，贾岛就想他了。昨天的好、今天的好，我都统统记着呢，什么时候能见面啊？冷静而又充满温情，清雅而又不乏厚重。

有人说，因家贫，贾岛怯于社交，性格不免孤僻，喜欢躲在书斋里，潜心创作。我对此不以为然，他只是自设了一道交朋友的门槛，要在对的时间找到对的人，一旦交契，贾岛对朋友绝对掏心掏肺，毫无保留。

"知音如不赏，归卧故山秋。"贾岛有个习惯，每年除夕之夜，会把一年来所作的诗放在几案上，燃香数炷，对着书桌一拜再拜，然后把酒洒在地上，虔诚祷告："这是我一年的苦心啊！"言毕，独自痛饮，独自高歌。

诗瘦，却浑阔；人瘦，却伟岸。

元稹

还将旧来意，怜取眼前人

贞元十六年（800），大唐有位有为青年，叫元稹，这年他刚好二十一岁，正是筷子随意插在地上都能开花的青春年华。

　　这一年，元稹注定要发生些故事。

　　那年头，天下兵荒马乱、兵连祸结，但年轻人的荷尔蒙正激情发酵，浑身是胆。元稹怀揣梦想，漫游全国各地，饱览湖光山色，体察异地风情。

　　这年的某一天，元稹"自走游"正路过蒲州，也即今天山西的永庆。因天色向晚，想了想，元稹决定就近借宿于普救寺。

　　说来巧，有位崔家的寡妇，带着自己的儿女将去长安，也临时住在寺中。

　　要说更巧，这位寡妇，姓郑，是元稹的"异派从母"，也就是元氏家族的另一支。按辈分来算，元稹应该称她为姨妈。

相互寒暄后，各自安寝。半夜时分，蒲州城猝然发生兵变。急促的马蹄声，令人双股战战。借住于寺庙的人们，在酣梦中被吓得惊坐而起。

崔家寡妇乃大富人家。穷家富路，她随身携带了大量金银财宝。除此之外，跟在她身后的，还有乌泱泱的一大家子，且多是妇孺老少。手无寸铁，生怕人财两空，郑氏大为惊恐，无奈中只好急急敲门向元稹求救。

真是无巧不成故事。当时驻扎在蒲州的军官，恰好是元稹的一位旧识。经元稹的冒险通融后，这位军官答应派小队人马赶到普救寺，临时负责保护郑氏一家安全。因为有这支武装力量的昼夜在岗，郑氏一家有惊无险，得以安然度过一劫。

对元稹在危难中施以的援手，郑氏自是心存感激。待局势稍安，她找了个机会，带着儿子崔欢郎、女儿崔莺莺出来与恩人相见。当崔莺莺趋前拜谢的那一刹，四目相对，元稹惊为天人、垂涎一地。

元稹本是情种，惊鸿一瞥，自此黯然销魂。

堡垒最易从内部攻破。为接近崔莺莺，元稹从她的侍女红娘处切入。在她的帮助下，元稹与崔莺莺两情相悦，遂结为情侣。元稹暂住在普救寺的西厢，崔莺莺在红娘的引领下，小心翼翼护着小姐深夜来，天明去，一往一返，不辞劳苦。因有红娘的保驾护航，两人如此恩爱了数月的春宵光阴。

后来，元稹曾以此为背景，创作了爱情传奇小说《会真记》（又名《莺莺传》）。其中有一篇三十韵的《会真诗》，记载了张生（实际上是元稹自己）和崔莺莺初次幽会的过程和情形。《会真诗》太长，在此不录，有兴趣可找来一读。

　　《会真记》中，元稹托崔莺莺之名，写给小说主人公张生一首约会爱情诗。实际上的作者，恰是元稹自己。

　　这首《明月三五夜》，写得情意真切，语言清丽，尤其后两句"拂墙花影动，疑是玉人来"，是唐诗中的名句。

　　待月西厢下，迎风户半开。
　　拂墙花影动，疑是玉人来。

　　"玉人"指的是张生（实际是指元稹），诗中表明崔莺莺渴望张生深夜逾墙前来相会，这一种热恋中少女的心态，写得含蓄而又奔放。

　　儿女情长，软红十丈。深情的元稹终究挣脱不过名缰利锁，一个早晨，和崔莺莺依依惜别后，独自远赴长安参加书判考试。

　　临别，元稹许下了无尽的诺言。实际是，这一去却是诀别。从此，他和她一生再未相见。

　　然而，元稹落榜了。

　　失魂落魄的元稹，漫无目地走在长安街上，何去何从？回到仍在蒲州的崔莺莺身边？于心不甘，也无颜以对。正在

去意徘徊时，元稹遇到了太子少保韦夏卿。出于对元稹才华的欣赏，韦夏卿将他收入门下，并不顾夫人的反对，执意将自己年方二十的小女儿韦丛下嫁给元稹。

元稹联姻高门，娶了韦丛为妻；崔莺莺望穿秋水，最后另作他人妇。一段卿卿我我、山盟海誓，自此烟消云散，彼此成为人生过客。

虽然韦元间的联婚有些门不当、户不对，还带有相互利用的目的：韦夏卿坚信，才华横溢的元稹会有大好前程；元稹则认为，可以借助老丈人的丰富资源出人头地。谁说父母之命就没有爱情呢？这对年轻夫妻婚后举案齐眉、鹣鲽情深。史料记载说，韦丛不仅贤惠端庄、通晓诗文，还不好富贵、不慕虚荣，在元稹不得志的岁月里，无怨无悔地伴着他过着清贫的生活，给予了他最大的温柔与体贴。

不幸的是，七年后，年仅二十七岁的韦丛因病去世。此时三十一岁的元稹已升任监察御史，美好生活才刚开始不久。痛失爱妻让元稹伤心欲绝，成为他一生的痛，在以后的日子里，他写下了许多悼亡诗，记录曾经甘苦与共的起居日常。

他的《六年春遣怀八首》，让人不忍卒读，选读两首。

其二

检得旧书三四纸，高低阔狭粗成行。

自言并食寻高事，惟念山深驿路长。

清理旧物，自会睹物思人，唤醒往日共同生活的点点追忆，往事不堪追，诗人黯然神伤。读者呢？

其五

伴客销愁长日饮，偶然乘兴便醺醺。

怪来醒后傍人泣，醉里时时错问君。

伴客销愁，只因丧妻之痛。酒入愁肠，化为相思泪。旁人所见，也只能是痛苦着你的痛苦，悲伤着你的悲伤，但又爱莫能助，只能陪你喝酒，陪你哭。

元稹的如泣如诉，表达的是对韦丛刻于骨、铭在心的爱恋。诗里字句传情，读来哀痛无比。

曾经沧海难为水。从《刘阮妻》中的几句可窥隐约："芙蓉脂肉绿云鬟，罨画楼台青黛山。千树桃花万年药，不知何事忆人间？"

东汉时，刘晨、阮肇到山上采药，巧遇两位仙女，双双结为夫妻。不久思家求归，回到人世时发现已经过了几百年了。长年生活在仙境，又能长生不老，回来干什么？"不知何事忆人间？"问得似乎不可理喻，事实上，是元稹借这一传奇道出对崔莺莺的深切怀念。

元稹的一首《寄诗》，则把自己骂得更狠。或许也可以理解为，这是他在感情领域里试图实现自我救赎。

自从销瘦减容光，万转千回懒下床。

不为傍人羞不起，为郎憔悴却羞郎。

这也是元稹在《会真记》中，托崔莺莺之名写给张生的一首七言绝句。小说中，张生是个无行文人，对崔莺莺始乱终弃。后来张生求见，"崔终不为出"，因而写了这首寄给张生。"不为傍人羞不起，为郎憔悴却羞郎"这两句，凄婉而又醒豁，"为郎""羞郎"，绝之之意坚如磐石。《历朝名媛诗词》中说："此种诗令人不堪多读。"

甚是，甚是！

数日后，崔莺莺又赠五绝一首："弃置今何道，当时且自亲。还将旧来意，怜取眼前人。"哀中有愤，怨而不馁。小女子，大境界。当然，这道出的是元稹的自省，也是自责。

元稹在情感上旁若无人地以诗宣泄，向世人和盘托出。没想到，他的坦坦荡荡却被人诟病。辛文房在《唐才子传》中讥讽他"举动浮薄，朝野杂笑"，又说他"然素无检，望轻"，这些评价皆源于元稹本人自曝的这段情史。显然，这是他的"自黑"，也是他自我反省后的光明磊落。

元稹在与不同女子谈情说爱过程中，他对她们用情用心，他也愿用尽全身的力气，为她们谋求足够的幸福，但或许时运不济，又或天意难违，只能"唯将终夜长开眼，报答平生未展眉"。

对生命中曾有过的美好邂逅，元稹视为狂风暴雨中的火苗，小心谨慎地呵护着，生怕一不小心被吹灭。这种呵护逐渐凝聚成了时光，安放在他心灵深处，他一刻未敢将她们屏蔽、拉黑或删除。

蛰伏心头上的痛，元稹在怀念亡妻韦氏最为有名的诗《离思》中表达得淋漓尽致：

> 曾经沧海难为水，除却巫山不是云。
> 取次花丛懒回顾，半缘修道半缘君。

声声叹，纵有思念千重，唯梦中，唯心底。

李贺

我爸是我爸，我是我

大唐的时代，有一位逆天的孩子，他毫无天理的才华，强大到令人"发指"。他叫李贺，李氏王朝郑王李亮的玄孙。《新唐书》说他"七岁能辞章"，惹得无数家长和孩子的"羡慕嫉妒恨"。

信乎？有些许怀疑，我七岁时，正与一帮同样的"鼻涕虫"没日没夜地玩泥巴呢。当时的大文豪韩愈对传闻也是"始未信"，韩大人命人将李贺的诗海量搜来，读过赞叹之余，依然满腹狐疑。他对别人说："若是古人，吾曹或不知；是今人，岂有不识之理？"是古人也就算了，生活在同一片蓝天下，怎能不去见识一下呢？于是带上弟子皇甫湜，不惜纡尊降贵，专程来到李贺家探访虚实。

出来吧，孩子，有客人来了。听到家人召唤，但见一小男孩从内厅走了出来，这孩子"总角荷衣"，也即头上束发两结，形状如角，身上穿着用荷叶编成的服饰，身子瘦小，一副弱不禁风、天真无邪状。

是的，这男孩便是李贺。

来一首？面对客人的吟哦之请，李贺"欣然承命，旁若无人"，援笔立就一首《高轩过》。韩愈、皇甫湜读罢，大惊。然后，韩愈说咱们出去逛逛吧。韩愈把自己乘坐的马让给李贺，自己另找了匹骑上，一老一少，并辔而行。一代宗师韩愈，还亲自为李贺束发，意味着"束发而就大学，学大艺焉，履大节焉"。太聪明了，可以跳级，有些直接入读大学少年班的味道。

《高轩过》写了什么能让韩老师感到如此惊艳？咱们来看看。

> 华裾织翠青如葱，金环压辔摇玲珑。
>
> 马蹄隐耳声隆隆，入门下马气如虹。
>
> 云是东京才子，文章钜公。
>
> 二十八宿罗心胸，九精照耀贯当中。
>
> 殿前作赋声摩空，笔补造化天无功。
>
> 庞眉书客感秋蓬，谁知死草生华风。
>
> 我今垂翅附冥鸿，他日不羞蛇作龙。

诗前还有小序："韩员外愈、皇甫侍御湜见过，因而命作。"《高轩过》全诗分成三个部分。第一部分写韩愈、皇甫湜两位大人物家访时的气派；第二部分着重赞颂两位大师的学识和文名；第三部分，写自己的处境与抱负。

全诗一气呵成，结构严谨，跌宕多姿而又富有感情，颇似韩愈的诗风。那么，到底是不是李贺七岁时所作呢？有学者认为，这纯属小说家传闻渲染之言，不足凭信。古典文学研究专家钱仲联先生考证，李贺七岁时，韩愈在汴州，皇甫湜也只有二十岁，尚未登进士第，"家访"一事不靠谱，况且诗中如"庞眉书客感秋蓬，谁知死草生华风"等句子，也不像出自七岁孩童之口。

即便是后人附会，我依然觉得可以视为李贺才情粲然的印证。我们已习惯这样的思维，面对别人或前人颖悟绝伦，总喜欢破解其成功的原因，并附上许多臆想，成为解答自己疑问的想当然答案。

所有似是而非的附会，幸好不是牵强。在唐诗的金字塔上，时人与后人，将李贺与杜甫、李白和王维视为塔尖人物。李贺又是"三李"（另两李是李白、李商隐）之一，人称"鬼才""诗鬼"，当时还广泛流传着"太白仙才、长吉（李贺的字）鬼才"之说。或许是人们实在找不到更合适的字眼，用来表达对李贺的膜拜，才无一例外地用上了"鬼"字。这个"鬼"不是说他做人很鬼，而是说李贺的诗句，常借神话传说，托古寓今，想象之丰富，遣字之瑰丽，常令人拍案叫绝，叹一声"此曲只应天上有"。如《梦天》：

老兔寒蟾泣天色，云楼半开壁斜白。

玉轮轧露湿团光，鸾佩相逢桂香陌。

黄尘清水三山下，更变千年如走马。

遥望齐州九点烟，一泓海水杯中泻。

这一首诗中，诗人梦游天上，回望人间沧海桑田，世间千年变幻无常犹如疾奔骏马，这一切真耶？梦耶？或许就是一阕浪漫主义吧？！无论诗人如何瑰丽地描述天上仙境，也无非是排遣心中块垒。李贺这一类题材的诗还有很多，如《天上谣》《浩歌》《苏小小墓》，等等。

纵观李贺的诗文，有不少抒发个人对理想、抱负的追求，但更多是慨叹生不逢时的内心苦闷。当然，在他的作品中，也不乏对当时藩镇割据、宦官专权和黎民百姓所受残酷剥削的反映，"黑云压城城欲摧""雄鸡一声天下白""天若有情天亦老"等就是其中流传千古的佳句。

李贺的创作方式与众不同。每天一早出门，他骑着一匹羸弱的老马，后面跟着个剃着光头的小仆人，自己则背只袋子，将眼前所见所感，用纸随时记下并放入袋子。凡要作诗，都不先写标题，而是晚上回到家后，将袋子交给母亲。李贺的母亲就让婢女将满满的诗页从袋子里面掏出，见到写的诗句堆积如小山状，老母亲生气到心疼："这孩子是要把心呕出来才罢休啊。"

吃过饭，点上灯，李贺从婢女手中把白天写的诗句拿过

来，研好墨，铺平纸，对这些零散诗句进行加工组装，然后大功告成。李贺所作的那些乐府诗，一经宫廷乐工谱上曲子，很快走红，成为季度、年度"金曲"。

一年三百六十五天，除了喝醉，或参加一些祭祀活动，李贺几乎都处于这种别样的"采风"状态。《旧唐书》评价李贺"手笔敏捷，尤长于歌篇"。《唐才子传》则评价更高："稍尚奇诡，组织花草，片片成文，所得皆惊迈，绝去翰墨畦径，时无能效者。"风格奇异，结构犹如花草，片片都有文采，并又完全打破常规，当时的人无法模仿，更无法超越。《雁门太守行》是其中的代表。

> 黑云压城城欲摧，甲光向日金鳞开。
> 角声满天秋色里，塞上燕脂凝夜紫。
> 半卷红旗临易水，霜重鼓寒声不起。
> 报君黄金台上意，提携玉龙为君死。

自古诗人，写战争惨烈的场面，用语较为冷峻，而在这首诗中，李贺别出心裁，使用了大量浓艳的词语，如金色、胭脂色、紫红色等，与黑云、秋色、玉白等反差极大的颜色缠合一起，构成了斑斓画面，而李贺一片家国天下的铁血丹心蕴藉其后。非常奇诡，独特精到，这是李贺作诗的绝招。难以模仿，遑论超越。

读李贺的诗，常觉忧心如焚、黯然神伤。李贺绝非强赋新愁，无病呻吟，而是沉痛地抒写。照理说，李贺系出名门，外出有奴仆亦步亦趋，入则有婢女无微不至，可谓衣帛食肉，余钱剩米。那么李贺忧从何来？

忧"进"！你知道吗？李贺龙驹凤雏，早有诗名，却竟然没有资格参加"高考"，空负老天眷顾的一腔才华。

李贺是赢在了起跑线上，也输在了起跑线上。《唐才子传》中说："贺父名晋肃，不得举进士。"真是惨绝人寰，因为父亲的名字叫"李晋肃"，"晋""进"同音，为避父讳，李贺必须谨守孝道，不能参加科考。

李贺无路可走，只有望考场兴叹。

对于这一蛮横无理的陋规，韩愈很生气，专门写了篇雄文《讳辩》为李贺争辩，说："父名晋肃，子不得举进士；若父名仁，子不得为人乎？"耿耿宏论，可惜改变不了大局。李贺诗有《咏怀二首》，记录了因不得参加"高考"，赋闲在昌谷家中的无奈与无力。

其一

长卿怀茂陵，绿草垂石井。

弹琴看文君，春风吹鬓影。

梁王与武帝，弃之如断梗。

惟留一简书，金泥泰山顶。

其二

日夕著书罢，惊霜落素丝。

镜中聊自笑，讵是南山期。

头上无幅巾，苦蘗已染衣。

不见清溪鱼，饮水得自宜。

　　以古人为镜，反观渺小的自己，一番痛彻心扉后，李贺更多的是自嘲，是自怜，是自慰。每个不甘沉沦的灵魂背后，都有无可言说的委屈与心酸，也唯有同病者，才能相怜于千年李贺的悲苦与落寞。怪不得李贺自己，也曾沉痛地与人说道："我年二十不得意，一生愁心，谢如梧叶矣。"一生忧愁，一颗心像梧桐叶一样凋谢了。

　　万般才情扛不住万般愁绪，长期的焦思苦吟、抑郁感伤，逐渐掏空了李贺的心智。他的告别，也如他诡异的诗风。据传病重时，在一个大白天，他恍恍惚惚看见一个穿红衣服的人，驾着一辆红色龙车腾空而下，手持一板文字，像上古时代的篆文。红衣人对李贺说，天帝新建了白玉楼，要立即召你去写一篇记文。李贺磕头推辞，说自己母亲年迈多病。红衣人回道："天上比人间更快乐，一点儿也不苦。"过了一会儿，房内烟雾大作，只听见龙车声疾速驰去。顷刻间，李贺就断气了，年仅二十七岁。

　　人间的梦不成，且以如此欺骗式的慰安诀别，悲夫，哀乎！

　　天妒英才，人间也有嫉妒他的人。李贺死后，有人想编辑出版他的诗集，托李贺表哥搜罗作品，还预付了费用，但表哥收钱后却跑路了。出资人心有不甘，四处追讨，找到后并责问表哥，这位仁兄竟然说："李贺瞧不起别人，我非常痛恨他的傲气，所以我把找来的诗文统统都烧了。"

混账东西，如此宵小！经此一劫，李贺保存下来的诗文，不过是十分之四五，这是命运对诗人的另一种不公了。

其实，李贺还是当过官的，因为他是李唐宗室的后裔，又有韩愈为之推奖。元和六年（811），李贺返回长安，经宗人举荐，考核后，父荫得官，授任奉礼郎，从九品。官场是磨人的，长安为官三年，也是"牢落长安"的三年，李贺心情越发愁闷。

《唐才子传》中这样描绘李贺外貌："为人纤瘦，通眉，长指爪。"是说李贺长得纤细瘦小，双眉相连，手指细长。奇人异相，真是很好说明了一句老话：才多身子弱。即便羸弱如此，李贺心中依然燃烧着熊熊健儿之心，有诗为证：

南园十三首（其五）

男儿何不带吴钩，收取关山五十州。

请君暂上凌烟阁，若个书生万户侯。

男儿何不带吴钩？吴钩在哪儿？上凌霄阁、封万户侯又如何？岁月送给李贺诸多不平事，也随赠李贺清醒与冷静。

李商隐

一生襟抱，虚负凌云

隐晦迷离，难于索解，却又让读者欲罢不能。

有人说，有一千个读者就有一千个哈姆雷特。我想说，有一千个读者，可能就有一千个李商隐，也可能只有一个李商隐。当然，还有另一种可能，一个读者，或许就有一千个李商隐。

别误会，这不是绕口令，也不是故作高深，我想表达的是，李商隐这一颗独步天下的"诗心"，如云山雾罩，难窥真容。正因如此，偷窥者的欲望仿佛势不可挡地被激活了。

《锦瑟》是他的经典之作，虽说"书读百遍，其义自见"，但每读一次，依然是不知所云。好像是在小学的课堂上，面对老师高难度的提问，讷讷无言，难以作答。

锦瑟

锦瑟无端五十弦，一弦一柱思华年。

庄生晓梦迷蝴蝶，望帝春心托杜鹃。

沧海月明珠有泪，蓝田日暖玉生烟。

此情可待成追忆，只是当时已惘然。

岂止是"当时"，我现在读来还是一片"惘然"。

李商隐的诗，之所以存在"无主题变奏"，一个重要的原因是他在传统的写作形式中，加入了象征主义的元素和印象派的手法。当然这是后人的说法，生活在晚唐的李商隐自然是创作无意识。诗人擅长以具体可感的物象表现抽象的情感，但两者又往往没有必然的联系，这也为读者带来"二次创作"的无限想象空间。

不管如何，我们现在读这首诗时，仍能感受到作者对过往一段情感的刻骨铭心。或许，另一个当事人还若隐若现，也可能是作者有其他的难言之隐，只好委婉、曲折地予以表达。标题取诗首句前两字，采取《诗经》常用的套路。"锦瑟"两字，歪打正着，恰如其分地表达了一种苦涩与无力。

按理说，对一些晦涩难懂的作品，读者往往弃之如敝屣，但千百年来的读者对李商隐的作品反而热情追捧。我想一个重要的原因，是他的作品文辞清丽，意蕴深微，读者从中各取所需找到了遥相扣合的共有情愫。

一代宗师梁启超先生对李商隐有过精到的评价，他是这样说的："义山（李商隐的字）的《锦瑟》《碧城》《圣女祠》等诗，讲什么事，我理会不着，拆开一句一句叫我解释，我连文义也解不出来。但我觉得它美，读起来令我精神上得到一种新鲜的愉快。须知美是多方面的，美是含有神秘性的，我们若还承认此点，对于这种文字，便不容易轻易抹杀。"

好一句"美是含有神秘性的"！大师果然是火眼金睛。确实，美是多方面的，且是动态的，带有巨大的不确定性。

因喜欢用典，加上表达情感的指向未明，辛文房说李商隐的诗"为文瑰迈奇古，辞难事隐"，连他简浅组合的文字，同样让人惘然。当年纪晓岚在读罢李商隐的《乐游原》时，将诗卷掷于案上，感叹道："百感茫茫，一时交集。谓之悲身世可，谓之忧时事亦可。"不信？读罢《乐游原》后，欢迎你举手发表意见。

> 向晚意不适，驱车登古原。
> 夕阳无限好，只是近黄昏。

作为一代文化大家，纪晓岚当然能读懂诗意。只是"夕阳无限好，只是近黄昏"两句，所蕴含的情感实在太丰赡了，年少者年长者、失意者得意者、在位的退休的，都可以暗合到自己人生所处的坐标，经李商隐的提醒，稍做咀嚼，命运的味蕾直如白莲花般盛开。你不得不承认，李商隐就是位码字魔术师，短短的几行诗句，浓缩了多样的人生可能，闪耀着丰厚的生命内蕴与语言张力。

一位同样喜欢唐诗的朋友，有次海阔天空地闲聊着，他问别人也像是问自己："李商隐不能好好说吗？"

不知道该如何回答。如果了解些李商隐的时乖命蹇，或许可以找到答案。他不是不想，只是不能，人在江湖，身不由己罢了。

一向惜墨如金的辛文房先生，对李商隐则厚爱三分，在《唐才子传》给他着墨甚多。

李商隐小小年纪就失去了父亲，后随家人由郑州搬迁到洛阳。初来乍到，人生地不熟，又没有什么强大的奥援，李商隐找了份"文抄公"的活干，就是给别人抄录誊写，以此维持生计，拿的是"计件工资"。起早贪黑，李商隐一身扑在案桌上。即便如此，一家人的生活还是非常拮据，他后来以诗句记录了这段晦暗的日子："四海无可归之地，九族无可倚之亲。"天地之大，难觅立锥之地；身处闹市，又有谁人可以倚靠呢？

人生的关键处只有几步，特别是在年轻的时候。十六岁那年，这位忧郁的少年遇到人生最重要的贵人——令狐楚。

时任检校兵部尚书的令狐大人，因一纸公文，被朝廷派到洛阳出任东部留守。令狐楚擅写骈文，为官为文两不误，《新唐书》《旧唐书》均评价他"辞情典郁，为文士所重"。据说令狐楚的折子一递上去，皇上不用看署名，看个开头就知道是出自其手。此公有个习惯，每到一地任职，必四处搜罗文人雅士，对其出类拔萃者，毫不吝啬予以重金为己所用。一次他与李商隐碰了个正着，初见之下，惊为天人，遂执礼甚恭，延聘到自己的幕府做事。李商隐怀瑾握瑜，卓尔不群，让令狐楚吐哺握发，不但让李商隐和儿子令狐绹结为金兰，还经常带着李商隐出席士大夫、文人骚客的各种游宴集会。因为有了这样的一个个平台，自带光芒的李商隐，自此更是霞光万道。

初游长安时，李商隐虽大名鼎鼎，但真正认识他本人的并不多，有次他便服出游，投宿于一家旅馆，时有一群人正在大碗喝酒，轮流以《木兰花》为题作诗，见李商隐气质不凡，也请他入席就座，他们中无人认识李商隐。轮到李商隐时，他随口念出："洞庭波冷晓侵云，日日征帆送远人。几度木兰船上望，不知元是此花身。"吟毕，众客人拍案叫绝，好奇之下询问李商隐的姓名，他如实相告，客人们大惊，连声告罪，真是有眼不识泰山。

开成二年（837），令狐楚的好友高锴主持科举考试。大考前，高锴悄悄地问令狐楚："老兄有什么人要照顾吗？"

令狐楚不假思索答道："李商隐！"

放榜时，毫无悬念，李商隐高中进士。很快，在恩师令狐楚的提携下，出任集贤校理。

步入官场的李商隐，不再是"无亲可倚"，除有令狐楚不遗余力的帮助外，他又得到了河阳节度使王茂元的青睐。王茂元"素爱其才"，上表奏请李商隐为掌书记，不久又把女儿嫁他为妻，有了泰山之力，李商隐又获新职——侍御史。

可是，人生下半场曲折的伏笔也就此埋下。

因为这桩婚姻，李商隐后大半生陷入风口浪尖中。"士流嗤谪商隐"，背后指指点点，说他"诡薄无行"，对李商隐进行集体的排斥与打压。

怎么回事？有那么严重？

回到中学历史教科书上，晚唐发生了一起重要的历史事件——"牛李党争"。"牛李党争"历穆、敬、文、武、宣五朝，进入唐文宗朝后，双方斗得更是你死我活，白刀子进，红刀子出，呈白热化的状态，连一言九鼎的唐文宗都只能哀叹一声："去河北贼易，去朝中朋党难！"

李商隐上了两条船。

人生第一位贵人令狐楚，是牛党领袖牛僧孺的得力干将。对他青眼有加的泰山王茂元，又是李党领袖李德裕的骨干。在这样权力争斗的格局中，李商隐不幸成为风箱中的"老鼠"——两头受气，里外不是人。

夹缝中的生存，让诗人深感凄冷孤寂。他的一首《风雨》，读到了他深入灵魂的刻骨孤独。

凄凉宝剑篇，羁泊欲穷年。

黄叶仍风雨，青楼自管弦。

新知遭薄俗，旧好隔良缘。

心断新丰酒，销愁斗几千。

　　诗中"新知""旧好"近乎是李商隐处境的真实写照。他身不由己，又无处可逃。言语间的郁愤与苦闷，非设身处地难以感同身受。

　　有一件事很能说明李商隐的进退失据。

　　令狐楚去世十年后，李商隐在重阳节那天，去拜访金兰令狐绹。好不容易允许进得大门，结果还是吃了个"闭门羹"，谁叫你娶了我政敌的女儿！令狐绹拒绝见面。徘徊良久，李商隐在厅堂的壁上题诗一首："十年泉下无消息，九日樽前有所思。"写完觉得意犹未尽，又补写了两句："郎君位重施行马，东阁无因许再窥。"

待李商隐离去，令狐绹才从内室走了出来，看到壁上题诗，念起往日的兄弟情，心中也颇为苦涩，令人"乃扃闭此厅，终身不处也"。永久关闭厅门，免得往后见一次，心烦一次，心伤一次。人终究是感情动物，这与官秩大小无关，与政治立场无关。

我想起了他笔下那首著名的《常娥》：

云母屏风烛影深，长河渐落晓星沉。
常娥应悔偷灵药，碧海青天夜夜心。

面对窘迫人生，李商隐是否也如嫦娥一般，后悔当年偷吃了"灵药"？"碧海青天"的心思抛向哪里呢？但他对这段负重一生的爱情，无悔无怨，又或者说，"夜夜心"庆幸还有爱情的抚慰。

上天不负李商隐，虽然是一场政治联姻，却让他遇到了那位一生正确的人。至少在前路迷茫时，那位相濡以沫的她，那场琴瑟之好的情，如春雨滋润，彷徨时有定海神针。看他这首经典的《夜雨寄北》：

君问归期未有期，巴山夜雨涨秋池。
何当共剪西窗烛，却话巴山夜雨时。

848 年，李商隐滞留巴蜀，在这儿他写下这首诗寄给北方的妻子。诗中烟霞满纸、美不胜收，对妻子的情思，似滚滚江水奔腾不绝。这滋润了他，也被一代又一代的读者赞美和传颂。

爱情之外，既无新知，又失旧好，但还是有人深懂李商隐、同情李商隐。多年后，他的好友崔珏写过两首《哭李商隐》，此处引用一首，或许可以带领读者走进李商隐隐秘的心灵深处。

> 虚负凌云万丈才，一生襟抱未曾开。
> 鸟啼花落人何在，竹死桐枯凤不来。
> 良马足因无主踠，旧交心为绝弦哀。
> 九泉莫叹三光隔，又送文星入夜台。

看不过去了，为老友打抱不平。李商隐身负一身才华，却怀才不遇。即便一生半数时光如一粒棋子，大都耗在繁杂的人事上，但有幸"遇"上，总是难得。

大诗家白居易，居然也是李商隐的"铁粉"。当时白居易已致仕在家，他对李商隐说："我死后，转世如果能当你的儿子就够了。"白居易去世几年后，李商隐果然生了个儿子，李商隐把这孩子起名为"白老"。白老长大后，智商不高，且鄙陋迟钝，温庭筠跟李商隐开玩笑说："他就是白居易的转世之身？太惭愧了吧？"李商隐后来又生一子，将其名为衮师，这孩子倒是英慧过人，李商隐对他寄望甚高，写诗曰：

"衮师我娇儿，英秀乃无匹。"或许，衮师才是白居易的转世之身？

即便一生沉陷于官场的左支右绌，李商隐仍尽量保持着士人本色。虽有人攻击他"诡薄无行"，但也不得不承认他"廉介可畏"。出任广州都督时，某人有求于他，深夜袖藏黄金前来府上，李商隐严词拒绝，对来人说："吾自性分不可易，非畏人知也。"我本性如此，并不是怕被人知道。

又有好事者说，李商隐所作的大量《无题》诗，多与爱情有关，他是个随时随地就能开花的情种。更有人说，诗人爱恋的对象，大多是宫娥道姑，又或是高官姬妾，他的这种感情，是说不得的。

听此宏论，只有扑哧一笑。

以人观事，以人观人，多有"代入"的误区，读诗也是，读李商隐的诗更是如此，白天不懂夜的黑，想象在千年前，不时浮现出的，是李商隐写诗时那副忧郁的脸庞。

李商隐一生写了六百多首诗，其中佳作迭出，如果一定要说出最喜欢的，我以为是这首《无题》——

相见时难别亦难，东风无力百花残。
春蚕到死丝方尽，蜡炬成灰泪始干。
晓镜但愁云鬓改，夜吟应觉月光寒。
蓬山此去无多路，青鸟殷勤为探看。

你读到了什么？我为诗中表现出的执着与忠贞不渝长久感动，它已超越了世俗男女之情的范畴，具有崇高和牺牲的呈现。诗人所要表达的岂止是爱情？我认为，还有人情，有宦情，有世情。总之，人世间的种种，似尽能收入囊中。

诗如巨觥宏鼎，盛装的，何止是他的"一生襟抱"？

薛涛

春风不与女校书

唐代诗人王建，写有下面这首诗：

万里桥边女校书，枇杷花里闭门居。

扫眉才子知多少，管领春风总不如。

"管领春风总不如"，意思是说，即便那些能完全领略
文学高妙意境的人，总也有点不如她。这评价是否言过其实？
是何人竟然让诗人王建如此折服？诗人笔下的这位"扫眉才
子"到底是谁？看看诗的题目就恍然大悟了——《寄蜀中薛
涛校书》。

啊，说的是薛涛。

诗神，女神！

薛涛身属蜀中四大才女，也是唐代四大女诗人之一。

768年，她出生于长安，后来却终老于成都，个中有何缘由？

必须从她的父亲薛郧说起。

薛涛系出名门，父亲薛郧原本在都城长安为官，而且官秩不低。薛涛是个独生女，打小就被父亲视若掌上明珠，懂事起就教她诗画。薛涛聪慧，属于学霸型的孩子。小时候的一则逸事，深切证明她是一位与众不同的"别人家的孩子"。

那一天，薛郧下班回来，在庭院里散步赏花，无意间，抬头看了看院里那一棵亭亭如盖的梧桐树，忽有所得，随口吟诵道："庭除一古桐，耸干入云中。"然而下一句呢，卡壳了，他沉吟良久而不可得。正在一旁玩耍的薛涛，仰起小脸看了一眼父亲，脱口而出："枝迎南北鸟，叶送往来风。"

薛郧听后先是一愣，继而大忧。父亲所忧者为何？正是这两句："枝迎南北鸟，叶送往来风。"意思浅白，若要引申的话，则有风尘女子迎来送往之意，实是不祥之兆。

更诡异的是，这两句果真成为薛涛往后挣不脱的人生隐喻。这一年，薛涛才八岁。

薛郧为官刚直，也不乏"一根筋"的执拗，缺少圆融的技巧。这性格自然难容于官场。宵小作祟，因谗言一纸贬书，薛郧被罚往四川。蜀中的任职还没多久，又奉旨出使南诏。祸不单行，出使途中不幸染上了瘴疠。药石无效，不几日便告不治。

异乡异客，噩耗传来，薛涛母女顿感天都塌了，娘儿俩呼天抢地。薛郧为官清廉，两袖清风，去世后，薛家的生活

顿时陷入前所未有的困顿。

　　史书上说薛涛"容姿既丽"，又"通音律，善辩慧，工诗赋"。不但明眸皓齿，又冰雪聪明，这不正是一名女子放飞青春、闯荡江湖的资本吗？

　　华山已无路。薛涛一咬牙，不顾母亲的倾盆泪雨，走出家门一头扎进教坊，入了籍，做了名营妓。

那一年，薛涛十六岁，正值花季。

彼时的"妓"，非完全等同于后来的"妓"，薛涛虽沦入教坊，却能洁身自好。谋生只凭诗词歌舞，交往唯与文人雅士。交往最多的，是诗人型的官员。信手拈来一大串名单，除王建外，还有韦皋、元稹、白居易、张籍、牛僧孺、令狐楚、裴度、刘禹锡、武元衡、刘长卿、李德裕，等等，怎么样？都是名满天下的一时才俊啊！

拜倒在薛涛石榴裙边的诗人，可以毫不夸张地说，集合了当时大唐大半顶尖的诗人。薛涛的"才艺工作室"，相当于是大唐诗歌协会的办公室。

古代官员大都靠科举晋身，与艺妓交往是种时尚，猎艳不是他们的唯一，吸引他们更多的是薛涛的才艺、辞令和见识。与其以小人之心度君子之腹，我们更愿真诚地相信，这些诗坛大佬追逐的绝不止薛涛的"容姿既丽"，对，是她的才华。不信？先来欣赏她的一首流传千古的《送友人》——

水国蒹葭夜有霜，月寒山色共苍苍。
谁言千里自今夕，离梦杳如关塞长。

首两句，显然是化用大家熟知的《诗经·秦风》中名篇《蒹葭》中"蒹葭苍苍，白露为霜"句，推陈出新地点明送别友人的具体时空，弥漫着缠绵不绝的惜别之意。

通读全诗，直击人心的是末一句"离梦杳如关塞长"。

这一别，山长水阔，离梦杳如关塞长，下一次的相见，也许只能在梦中。这种离别之痛，就像是钝刀割肉，慢慢切入，痛至骨髓。

更痛，亦更深沉。

如此委婉缠绵，薛涛这首"恒久永相传"是写给谁的呢？综合众多资料，我想是写给韦皋或元稹的。

她和他俩，先后都有刻骨铭心的深度邂逅。

785 年，中书令韦皋受命出任剑南四川节度使。在当地官员举行的酒宴上，薛涛应邀出席，且以歌舞助兴。她款款入场，刚进入宴会大厅，即是光芒万丈！

韦皋惊呆了，他目不转睛地盯着薛涛，实乃人间尤物啊。好久才回过神来，失态失礼了！韦皋压低嗓门又急促地问道："你就是大名鼎鼎的才女薛涛啊？！"

薛涛低眉顺眼，深施一礼。韦皋按捺住心如鹿撞，从诗歌撩起："那么，请你即席一首如何？"

稍做沉吟，未几，薛涛一曲《谒巫山庙》绣口吐出：

> 乱猿啼处访高唐，路入烟霞草木香。
> 山色未能忘宋玉，水声犹是哭襄王。
> 朝朝夜夜阳台下，为雨为云楚国亡。
> 惆怅庙前多少柳，春来空斗画眉长。

吟毕，又一次将韦皋击倒！他忍不住拍案叫绝，这诗哪像是出自一位纤弱女子之手？主人的忘情失态，让众宾客面面相觑，待醒悟过来后，报以满堂喝彩。

自此，薛涛更是艳名、诗名动天下。也就是从那一刻起，她和他神仙眷侣间的诗情爱情徜徉并勃发于蜀山青、锦江碧之中。不仅如此，韦皋公私两不误，将薛涛延请衙府内，帮助处理各种文稿撰写。韦皋还上书朝廷，请求授予薛涛"校书"一职，只是因为不符规制，朝廷不予准奏，但薛涛"女校书"的雅号便由此而来，这也正是诗人王建诗中"万里桥边女校书"的缘起。

可惜好景不长，因权力强力介入的感情终究是靠不住的。是尤物，也是玩物，因为一件小事，薛涛惹恼了韦皋。韦皋丝毫不念旧情，一怒之下，将她发往松州，一个更僻远的蛮荒之地，充作营妓，以示惩罚。极度苦闷且百思不解的薛涛，唯有以诗抒发满腹的愤懑与愁苦。且看《罚赴边有怀上韦令公二首》：

其一

闻道边城苦，而今到始知。

羞将门下曲，唱与陇头儿。

其二

黠虏犹违命，烽烟直北愁。

却教严谴妾，不敢向松州。

诗中微言大义，有对苦守边塞将士的同情，有对敌寇可能入侵的忧患，更有对地方大员、前男友韦大人的心灰意冷，甚至义正词严。

说得确切点，她是苦自己。

是的，她没有杨贵妃式的梨花带雨，没有切切哀求，诗中只有她生命底色中的善良与倔强。

生活是最好的导师。经此一劫，教科书式地教会了她。

数年后，在友人的助力下，薛涛辗转回到了成都。这次回来，她做出了一个决定：脱去乐籍，做一个自由的人。

《唐才子传》中说，回到成都，薛涛选择居住在城内的浣花里。名字颇有诗意，偌大的院子里，她种满了一垄垄的菖蒲。居所东北向，是一条通往长安的大道，昼夜车水马龙，人声鼎沸。薛涛努力守住一颗芳心，在喧嚣中着意为自己营建一方静谧。但她还是失败了，富有才情而又深情的薛涛，终究逃不过感情上纠缠的"牢"。

这一次，是元稹。没错，就是那位与白居易并称"元白"的大诗人元稹；也没错，就是那位写下"曾经沧海难为水，除却巫山不是云"金句的元稹。

有些看破红尘的薛涛，遇见一个更有才情又更深情的元稹，在他炽热的攻势面前，她只有乖乖地缴械投降了。

元和四年（809），大名鼎鼎的诗人元稹，以监察御史的身份到蜀地出差。"元微之使蜀，密意求访。"这位老兄倒好，到了成都，不先去官衙报到，而是到处打听薛涛芳踪。时任节度使严司空知道后，拍元稹的马屁，派出文化官员周围打探，找到薛涛后，马上派专人护送前往元稹住所梓州。

在那里，元稹等着她。

四目相见，才情点燃了深情，她和他的感情瞬间就燃烧了起来。即便坚硬如千年冰川，在感情阳光的炙烤之下，瞬间融化为滔滔江水，奔涌而出。薛涛无可救药地喜欢上了元稹，一段轰轰烈烈的"姐弟恋"就此拉开了帷幕。

薛涛时已步入不惑，"弟弟"元稹呢，才三十一岁。

见面后的第二天，薛涛以少女般娇羞，捧出一颗诗心，大胆而热烈，写下这首《池上双鸟》：

> 双栖绿池上，朝暮共飞还。
> 更忆将雏日，同心莲叶间。

这是薛涛对爱情的期待，也是他们自此开始共同生活的"起居注"。

元稹是官场老油条，更是情场高手。虽如此，初见之下，就让他对薛涛敬佩不已。不顾官仪，他主动手持笔砚，陪侍一侧，安静地看着薛涛赋诗作画。笔走龙蛇，她的不世之才，让元稹大为惊讶。他对薛涛有爱意，更是心生敬意，从后来的一首《寄赠薛涛》中可见一斑。

锦江滑腻蛾眉秀，幻出文君与薛涛。

言语巧偷鹦鹉舌，文章分得凤凰毛。

纷纷辞客多停笔，个个公卿欲梦刀。

别后相思隔烟水，菖蒲花发五云高。

"蛾眉秀""鹦鹉舌""凤凰毛"，你看，这些好话都一股脑儿、毫无保留地给了薛涛，毫不吝啬。

那段日子，是薛涛最快乐的时光。巴山蜀水，烙下了他们缱绻的足迹。如黛青山因为他们，多了几分妩媚，多情应笑他和她。

这是一个流行离开的世界，其实你和很多人已经见完了最后一面，只是彼此都忘记了告别。三个月后，元稹奉旨调往洛阳。千山外，万水中，他们间只有靠鸿雁传书，却也是不堪愁里听。为解思念之苦，薛涛将蜀地的大张纸，裁为小型张，加入芙蓉花汁，精心制成桃红色的小彩笺，人们把这种纸称为"薛涛笺"。就是在这一张张的"薛涛笺"上，她把寸寸相思，融于笔注，一封又一封，寄往重重关山外的洛阳，诉说着无尽的思和念。

那年头，没有高铁，没有飞机，蜀道难，难于上青天。再热烈的情感，终被群山万壑和大江大河析离成一个个碎片。多情又深情的元稹，已将人生重心转往官场厮杀。仍沉浸在男欢女爱中、无法自拔的薛涛，对他而言，只是一个渐行渐远的情感符号。

这一头，薛涛仍在痴痴地望。心中的愁绪与幽怨，在她的《春望词》四首中，仿若笔下泣血。

其一

花开不同赏，花落不同悲。

欲问相思处，花开花落时。

其二

揽草结同心，将以遗知音。

春愁正断绝，春鸟复哀吟。

其三

风花日将老，佳期犹渺渺。

不结同心人，空结同心草。

其四

那堪花满枝，翻作两相思。

玉箸垂朝镜，春风知不知。

"花开不同赏，花落不同悲。"起句不凡，读到了女诗人的肝肠寸断、入骨相思。最难熬的思念，不是对方不知道，而是知道了却无所谓。

回过头来，让我们再来猜测一下，薛涛的名篇《送友人》，到底是写给谁？韦皋？元稹？还是另有他人？我想，这一切都不重要了吧？

以后的岁月，薛涛一直滞留在成都。七十五岁那一年，她扔下一生为伴的笔墨，把满腹诗情带去了另一个世界。

繁华落尽，所有的美丽与哀愁，经风吹雨打，都零落成了泥。晚年的一首《牡丹》，她把自己引进了无奈的人生胡同，留给世人一声叹息，留给世人孤独背影。

> 去春零落暮春时，泪湿红笺怨别离。
> 常恐便同巫峡散，因何重有武陵期。
> 传情每向馨香得，不语还应彼此知。
> 只欲栏边安枕席，夜深闲共说相思。

这一句，"只欲栏边安枕席，夜深闲共说相思"，是薛涛对自己的解嘲，也是对自己的安慰。

浣花里，菖蒲花且开且落，年复一年。

贯休

今夜你来不来

霜月夜裴回，楼中羌笛催。

晓风吹不尽，江上落残梅。

这是一首写月夜闻笛的诗，题目为《月夕》。

深秋的夜晚，月色溶溶，远处的高楼上，传出了一阵阵若远若近、若有若无的羌笛声。诗的前两句写得极妙，道出了秋夜的澄澈与静谧，令人遐想无边。

更妙在后两句，从虚处落笔，却直成意象。古人对音乐效果的描写，有"声振林木""余音绕梁"之类绝佳句子。"晓风吹不尽，江上落残梅"也是一种音乐形象，也有"三日不绝"的意蕴。

似有点夸大其词，都到第二天了，江面上还有残留的笛声在绵绵回响？我却深信不疑，近代知名学者、俞平伯先生的父亲俞陛云在《诗境浅说续编》中，对《月夕》有如此的评价："贯休闻笛诗，得蕴藉之神。"

炉边读书、月下吟诗、庭院冥想，是人生三大乐事。当下物欲横流，静享乐事是难事，也是奢望，但我还是喜欢搬张小板凳，坐在阳台上，无论月朗星稀抑或黑咕隆咚，轻吟三两句，物我两忘间，品尝这份属于自己的孤独。

《月夕》这首诗，我喜欢得无与伦比，无数次在月白风清下，仰望夜空，触发了滔滔不绝与星月对话的冲动。我对这首诗情有独钟，更多是因为欣赏诗的作者以及作者的人生。

诗人贯休者，一位出家人也。

贯休，婺州兰溪人，即现在的浙江兰溪。七岁时，他就在家乡附近的和安寺出家。贯休目达耳通、颖悟绝伦，每天在寺中，读经书千字，且过目不忘。《唐才子传》中说他"风骚之外，尤精笔札"。能写诗外，还练得一手好书法。

没想到，因写得一手好字，贯休为自己带来麻烦。

荆州中节令成汭，是个好大喜功又不学无术的家伙。有一次，他就如何提升书法水平向贯休讨教。贯休讨厌他的附庸风雅，更憎恶他"当官不为民做主"，于是没好气回他道："此事须登坛可授，安得草草言！"这是件很有仪式感的事，按规矩必须先设坛拜师才能传授，怎么可以随随便便就教你呢？

话可以说得很痛快，但权力蛮横的滋味你尝过吗？果然不出所料，成汭不久随便找了个碴儿，将贯休驱赶到了黔中郡。

黔中郡地处荒僻，朋友们以为贯休会呼天抢地，其实担心是多余的。贯休是什么人啊，一钵一袈裟，云游四海，处处为家。好嘞，贯休潇洒地挥一挥手，不带走一片云彩，只留下一诗《病鹤》给成汭，以明心迹。

成汭读罢，气得两眼泛白，差点喷出一口黑血。

杀伤力这么大？看其中两句："见说气清邪不入，不知尔病自何来？"病自何来？在成汭内心的腌臜处。

虽为出家人，贯休却保持着一颗积极"入世"之心。他曾写过组诗《少年行》。看其中的一首，便可感受到他强烈的现实批判精神。面对五谷不分、四体不勤的王公贵族们，他笔锋直指，无所畏惧。

> 锦衣鲜华手擎鹘，闲行气貌多轻忽。
> 稼穑艰难总不知，五帝三皇是何物。

五帝三皇是何物？！骂得好，骂得痛快。

史书上说，唐亡入蜀后，蜀主王建待贯休甚厚，一日召他进宫，并令他当众诵读新作。大庭广众间，贯休高声诵读了这首《少年行》，王建拍手称赞，一旁的贵戚们却集体投以憎恨的目光。

身为方外人士，本应远离红尘，不问世事，贯休却始终悲天悯人，心系苍生。丛林之外，有他目光犀利的"入世"一瞥。

王建对贯休"敬事不少怠也",恭敬有加,还赐给他"禅月大师"的名号。贯休圆寂后,王建下诏为他修建灵塔,埋在风景秀丽的丈人山(今青城山)下。

贯休对当朝权贵嗤之以鼻,常常朝他们翻白眼。钱镠自称吴王时,贯休正住在灵隐寺,虽为出家人,但出于礼貌,贯休还是从俗献诗祝贺,诗中有一联写道:"满堂花醉三千客,一剑霜寒十四州。"

钱镠读后大喜,因经略天下的野心日益膨胀,就派人传话,希望贯休把诗中的"十四州"改为"四十州",否则拒见。贯休大怒,对来人说:"州亦难添,诗亦难改。余孤云野鹤,何天不可飞!"当天整理好衣钵,拂袖扬长而去。

青灯孤寂,长年在寺中修行,贯休还是交了各路好友,他的《招友人宿》写得精妙,一起来欣赏。

银地无尘金菊开,紫梨红枣堕莓苔。
一泓秋水一轮月,今夜故人来不来。

禅寺夜景,嘉美如斯,问一句:"老朋友,今晚你来不来啊?"月月相印,正是佛语中的心心相印,一切就看你的悟性与雅兴了。

贯休几近通才,工诗,又精于书法。北宋高僧、佛教史学家赞宁在《宋高僧传》中称"休能草圣"。一个"圣"字,可以看到贯休的"能"。贯休还有另一种过人的本事——长于绘画，尤其是画罗汉，《十六罗汉图》就是他的代表作。贯休笔下的罗汉，状貌古野，绝俗超群，人物粗眉大眼，丰颊高鼻，形象夸张，正是大众眼中的所谓"梵相"。

贯休是一位和尚，但又不像和尚。他浑身流淌着生生不息的烟火气，他的《春晚书山家屋壁二首》中的第一首，写到孩子们在树下追逐鸟儿。鸟儿一会儿躲进浓密的树叶中，一会儿又飞上高高的枝头，惹得孩子们叫嚷着、吵闹着、奔跑着。这一图景，让人油然想起了杨万里的"儿童急走追黄蝶，飞入菜花无处寻"。

艺术是相通的，因为诗人们都是真性情。细细欣赏一下吧，看能不能找回你的童年。

柴门寂寂黍饭馨，山家烟火春雨晴。

庭花濛濛水泠泠，小儿啼索树上莺。